愛しているにもほどがある

Kazuya Nakahara
中原一也

CHARADE BUNKO

Illustration

奈良千春

CONTENTS

愛しているにもほどがある ―――― 7

名も無き日々 ―――― 227

あとがき ―――― 254

愛しているにもほどがある

薫風が吹く季節。今日も空は晴れ渡っていた。

貧乏人にも金持ちにも、太陽は同じだけの恵みを注いでくれる。穏やかな春の気候は、荒くれた連中の心も和ませるのか、街はいたって平和だ。

しかし、このところ一人だけ街の連中の話題をさらっている人物がいた。トラブルというほどではないが、明らかに注目を浴びている新顔である。

今、両手で軽く拳《こぶし》を作って膝《ひざ》に置き、坂下《さかした》の前で俯《うつむ》き加減で座っている男がそうだ。

「えー……、で？　またケガしちゃったんでしょうか？」

「はい」

齢《よわい》五十前後というところだろう。しっかりとした太い眉毛《まゆげ》、一重の目は鋭く、刻まれた深い皺《しわ》には人生の重みがある。口数は少なく、若造にはない渋さが感じられた。

本名は鷲尾《わしお》昭三《しょうぞう》というが、日活任侠《にっかつにんきょう》映画で人気のある俳優に雰囲気が似ていることから、ここでは『健《けん》さん』と呼ばれている。

「では、ちょっと見せてください」

坂下の言葉に健さんは無言で頷《うなず》き、黙って手を差し出した。触診のために手を摑《つか》むと、唇をしっかりと結んだまま坂下の手を凝視する。

顔を真っ赤にするものだから、やりにくくて仕方がない。

「……っ」

「あ。もしかしてこうすると痛かったですか」

「いえ。先生のされることに、文句はないですから」

「そうじゃなくて、痛むならそう言ってもらわないと、診察になりません」

叱《しか》ったつもりはなかったが、健さんはいたく恐縮する。

その態度には、明らかに坂下に対する好意が見え隠れしていた。無口で強面《こわもて》の男が、親子ほどに歳《とし》の離れた坂下に恋をしているのだから始末に負えない。

しかも健さんは、坂下に女性を見るような目を向けているのだ。

確かに、ここに集まる屈強なオヤジ連中に比べれば坂下は細身で頼りないが、だからといってさすがに女扱いされるほどか弱くもなかった。それどころか、この街で一目置かれる男に『軍鶏《しゃも》』呼ばわりされる程度には逞《たくま》しいのだ。人相の悪いオヤジ連中にゲンコツを叩き込み、叱り飛ばし、必要とあらば蹴《け》りをも喰《く》らわせる。

なぜ、そんな坂下を相手に、この古きよき時代のヤクザのような男が幻想を抱いているのか――。

答えは簡単である。

健さんが学生の頃に憧《あこが》れていた先生に、似ているというのだ。喧嘩《けんか》ばかりしているような悪ガキをいつも優しい笑顔で迎えてくれるマドンナで、健さんはそんな彼女を四十年近く経《た》った今でも美しい思い出として心に留《とど》めている。

それを人づてに聞いた時、お祭り騒ぎが大好きなここの連中が喜ぶさまが目に浮かんだ。街のあちらこちらにある角打ちでは、酒の肴《さかな》にされているだろう。

そして坂下は、窓の下で笑いを押し殺している二人の存在にも気づいていた。この街でとりわけ個性的で、厄介な二人だ。

『自分、不器用っすから……』

健さんにアテレコをしているのが、微《かす》かに聞こえる。

（……ったく、何をやってるんだ、二人とも）

坂下は、無意識のうちに眉間《みけん》に皺を寄せていた。あの二人は特にこういうことに真っ先に反応して、面白おかしく騒ぎ立てる。

健さんの手前、おおっぴらに注意するのも憚《はばか》られ、坂下は窓下の二人は無視することにして診察を続けるが、いつ拳が炸裂《さくれつ》してもおかしくはない。

「軽いつき指ですねー。骨や靭帯《じんたい》に損傷はないようですから、安心してください。指、固定しちゃって大丈夫ですか？」

「は、はい。先生のおっしゃる通りに」

ここに来るまでに冷やしていたようで、腫《は》れはそう酷《ひど》くなく、状態はよかった。つき指した中指を隣の薬指と一緒に包帯で固定すると、治療は終わりだ。

「はい、終わりましたよ。支払いはどうされます？　手持ちがないなら特診で……」

特別診療という『ある時払い』の患者が多いため、つい気を遣ってしまうが、健さんは街の連中には夢のようなこのシステムをいまだに使ったことがない。

「いいえ、治療代はあります。先生にご負担をかけるわけにはいきませんから」

「そうですか？　じゃあ、今日は基本料金だけいただいておきますね。いつものように、袋にお金を入れて、箱の中に放り込んでおいてください」

「はい。じゃあ、自分はこれで……」

深々と一礼すると、健さんは診察室を出ていった。本当に無口な男だ。必要最小限のことしか話さない。しかも、堅気の人間にはない貫録《かんろく》がある。

あの背中に、色鮮やかな紋々が刻まれていたとしても、坂下は驚かないだろう。

変な意味ではなく、一人の男として憧れたくなるタイプだ。

（渋いんだよなぁ……）

たまった疲れを軽い溜め息《たいき》とともに吐き出すと、メガネの位置を中指で正し、いつものようにカルテに記入を始める。

坂下晴紀《はるき》は、十四、五ヶ月ほど前からこの労働者街で診療所を営んでいるボランティア精神に溢《あふ》れた医者である。患者のためとあらば火の中水の中。カップラーメン三昧《ざんまい》の日々もなんのその。

穴の開いた靴下だって気にしないし、時には洗濯物が乾かずにノーパンでいることもある。なかなか整った顔立ちをしているが、すべて宝の持ち腐れ。ストレートの黒髪にはいつも寝癖がついており、手櫛《てぐし》で整えるようなことすらせず、白衣は洗濯をしていても使い込んでいるためにどこか薄汚れている。

もともと外見に頓着する方ではなかったが、この街に来てからというもの、いっそう磨きがかかっていた。ここで診療所などをやっていれば、自然とそうなるだろう。細かいことを気にしている余裕などない。

また、この街の連中は警戒心が強く、よそ者に対してあまり心を開かない傾向にあるが、坂下はこの街に来てからわずか半年程度でそんな男どもの心を摑み、今ではすっかり信頼されている。

初めこそ誰《だれ》も見向きもしなかったが、現在は診療所の待合室は集会場かというほどの賑《にぎ》わいだ。

そして、この街の中でも特に坂下と深い繫《つな》がりがあるのが、先ほどから窓の下で坂下の集中力を散漫にさせている男たちである。無視してやろうと思ったが、またよからぬことを言っているのだろうと思うと我慢ができなくなり、坂下はボールペンを置いた。

自分のこらえ性のなさには、呆《あき》れるばかりだ。

「ちょっと！　何やってんですか、二人とも」

窓から身を乗り出して下を見ると、例のごとく、そこにはうんこ座りをしている二人がいた。この診療所に入り浸っている日雇い労働者だ。

無精髭《ぶしょうひげ》を生やしたフェロモンを垂れ流している男が、斑目幸司《まだらめこうじ》。その横にいる細身の若いのが、双葉洋一《ふたばよういち》である。

仕事を終えると、二人は決まってここで時間をつぶす。いるだけならいいが、聞こえよがしにセクハラまがいの下ネタを口にするものだから困りものだ。

「せんせぇ〜、あれほどの男を惑わすなんて、案外魔性だなぁ」

『峰《みね》』を咥《くわ》えて煙を吐きながら、斑目が坂下を見上げてそんなふうにからかう。独特のしゃがれ声は、健さんとは違う男の色気に溢れている。

健さんにあるのが昔のヤクザのような硬派な男の格好よさなら、こちらは自堕落な雰囲気を持つジゴロの魅力だ。鍛え上げられた肉体美に、ぼさぼさの頭と無精髭が加われば野性的な色気に本能を刺激される女も少なくないだろう。本人が意図してセックスアピールをしなくても、隠しようのないフェロモンが垂れ流しになっているのだ。

それは時折、男である坂下をも惑わせてしまう。

斑目は、坂下が研修医時代に神の手を持つ伝説の医者と聞かされていた男と同一人物であり、それを知った時は驚いたものだ。もう数年も医療現場から離れているが、不可抗力で手術をしなければならなくなったことが二度ほどあり、それを見た時は、衰えているどころか噂《うわさ》以上の見事な技術に見惚《みと》れ、魅了された。

また、自分を飾ろうとはせず、ありのままの姿で生きる男の姿に、器の大きさを感じることもよくある。

しかし、ありのますぎるところがあるのも否定できない。特に坂下に対する欲望を隠さないところは、勘弁してくれと言いたくなる。

「でも斑目さ～ん、健さん本気っすよねー」

「恋は盲目とは言うが、あそこまで重症とはねぇ。ありゃあ、先生にチンコがついてるたぁ思ってねーだろうな」

「あ、それ俺も思いました！」

「なぁ、先生。一回健さんに、パンツの中を見せてやれ」

「なんで見せなきゃいけないんですか」

「そりゃ、男だってわからせるためだろうが。先生、気をつけろよ。ああいう真面目《まじめ》なのは、思いつめると何をするかわかんねぇぞ。いったん火がつくと、チンコがついてるのにも気づきゃしねぇだろうからな、今のうちにさっさと見せとけ。でないと本当に襲われるぞ」

「いや～～っ、先生の身に危険がぁ～～っ」

双葉は両手を頬《ほお》にやり、わざと黄色い声をあげた。

かつてマグロ漁船にも乗っていたことのある青年は、底抜けに明るく、世の中をよく知っている。ここぞという時には頼りになる男だが、いかんせん斑目の親友とも言える存在なだけに、厄介なところも多い。

今日もこうして悪友と二人、坂下をからかって喜んでいるのだ。真面目なのが取り柄の坂下には、到底敵《かな》うはずもない。

「いきなり痴漢を働くような斑目さんとは違いますよ」

冷ややかな眼差《まなざ》しを向けてやると、双葉は目を輝かせて喜んだ。

「ぎゃ！　斑目さん、先生に痴漢してるんっすか？」

「おうよ。先生に痴漢するのは愉《たの》しいぞ〜。痴漢電車大会なんてのもいいが、やっぱ痴漢診療所の方が燃えるよなぁ。白衣の先生に悪戯《いたずら》をする快感がたまんねぇんだよ。恥辱の診察ベッド、なんつってな」

当てつけに痴漢呼ばわりしたつもりだったが、斑目は嘘《うそ》八百を並べ立てて脂ぎったオヤジのように、「うひひひ……」といやらしい笑い声をあげる。

「あ、やめて〜っ、斑目さん……っ」

「本当はこういうのが好きなんだろう？」

「ああっ、そんなところ……っ」

「指で内診だ。先生の躰《からだ》じゅうを調べてやる」

「や、晴紀っ、斑目さんのテクに痺《しび》れちゃう〜」

二人の小芝居が始まると、やはり声をかけたのは間違いだったと思い知る。

二人は坂下の前で、こいつを挿入してやるだの、あそこをナニしてやるだの、いったいどこの官能小説だと言いたくなるような下品なことを言って、やんややんやと騒いでいる。女三人集まればかしましいとよく言うが、下ネタ好きのエロオヤジと調子のいい青年が二人揃《そろ》っただけでも十分うるさい。

「もう！　邪魔だから、どっか行ってくださいよ！」

「イッてくださいだと！　聞いたか双葉！」

「まさか先生の口からっ、そんなはしたない台詞《せりふ》が聞けるようになるなんてっ！」

二人は、顔を見合わせて高笑いをした。相手にした自分が馬鹿だったと反省し、斑目たちのことは無視して診察を続けることにする。

「次の方、どうぞ！」

坂下は、八つ当たり気味に次の患者を診察室に呼んだ。

入ってきたのは、浅黒く日焼けした山浦《やまうら》という男だった。今年で四十七歳と聞いているが、髪の毛に白いものが目立ち始めているからか、軽く十歳は老けて見える。ヤニのこびりついた黄色い歯も、見た目の年齢を上げている原因の一つだろう。

顔つきは怖いが、いい仕事にありついた日などは気前よく奢《おご》るようなところもあり、一時的に人気者になる。その人気が継続しないのは、山浦の性格に問題があるというより、この街の男どもが単にゲンキンなだけだからだ。

「今日はどうしたんです?」

「いやー、それが心臓が痛《いと》うてなぁ」

山浦は胸のところをさすりながらそう言い、椅子《いす》に座ってシャツをたくし上げた。窓の外でまだ騒いでいる二人に「ちょっと静かにしてくださいよ!」と怒鳴ってから、首にかけていた聴診器を耳に装着する。

「俺の心臓の音、聞いてくれへんか?」

「心臓が痛いって……」

聴診器を当ててみるが、心音はいたって正常だ。どこもおかしいところはない。

「いつからです? 他《ほか》に自覚症状は?」

「ない。けど、思い当たることはあるんや」

「え?」

「恋や、恋。ベティ・ブルーの朝美《あさみ》ちゃんのことを考えるとな、ここがキューンと痛くなるんや。先生、頼むからよぉ、ラブレターの代筆頼まれて……」

——ゴッ。

坂下のゲンコツが炸裂する。

「痛いやんか！　いきなり何すんねん！」

相当痛かったのだろう。山浦は顔を真っ赤にし、涙目になって頭を押さえた。坂下のゲンコツは、本当に手加減なしなのだ。しかし、このくらいしないと効果はない。

優しいだけでは、ここではやっていけないというのが現実でもあった。

「心臓が痛いって言うから、心配したじゃないですかっ！」

ベティ・ブルーとは、ここから少し離れた場所にあるストリップ劇場だ。

ストリップ劇場と言えば、音楽に合わせて踊りながら、身につけているものを一枚一枚脱いでいくショーを見せるイメージがあるが、実際はそれだけではない。坂下は知らないが、店によってはストリップショーのステージでホンバンが行われることもあり、女もそれを承知で働いている。

「何がラブレターの代筆ですかっ。患者さんは他にもいるんですよ。そんなくだらないことで、ここに来ないでください！」

「せ、せやけどな。俺なんか振り向いてもくれへんのやぞ？　先生のインテリな頭で考えたラブレターで、朝美ちゃんのハートをズキューンと射抜いてくれりゃあ、ステージで一発っちゅーことも……」

それを聞いて、ますます頭に血が上る。

「何がステージで一発ですかっ！　女性をなんだと思ってるんですっ！」

ずらしないやん」

「ちがっ、違うて先生。好きやからに決まってるやろ。それに、ステージでやるくらい、め

「黙らっしゃい！」

怒りのあまり、言葉遣いがおかしくなっている。

しかし、男に悪気はないのだ。そこに普通にある現実を普通のことだと思い、疑問にも思わない。それが世の中というものだが、坂下のような青二才にはまだ理解できない。

いい加減、我慢も限界で、坂下は男の胸倉を摑むとギリギリと締め上げた。

「もぉぉぉ〜、なんでこうロクでもないことばっかりぃぃぃ〜〜〜〜」

「ぐぇ、ぐ……、ぐぇ、ぅ……」

「わー、先生がキレた〜」

窓の外で騒いでいた二人が、坂下の様子に気づいて窓を乗り越えて止めに入る。

「先生、落ち着けっ！　顔が怖《こえ》ぇぞ！」

「いい加減にしないとぉぉ〜〜、キレますからねぇぇぇ〜〜〜」

「もうキレてます！　キレてますって！　先生、落ち着いて！」

二人がかりで止められてようやく手を離すが、坂下にラブレターの代筆を頼みにきた男は、すでに白目を剝《む》いて泡を吹いている。

山浦は二度と、こんな頼み事をしに来ることはないだろう。

ドタバタな毎日は、時間が経つのを忘れさせる。

健さんが診療所に来るようになって、早くもひと月が過ぎようとしていた。一つの治療が終われば、また新しくケガをして診《み》せに来るの繰り返しで顔を見ない日はない。しかし、そろそろネタ切れなのか、今日は、すこぶる顔色がいいというのに「腹が痛い」と言い出した。子供の仮病と一緒だと呆れたが、狼《おおかみ》少年の例もある。手を抜くことなく診てやり、特に問題がないとわかると、安静にするよう言ってから帰ってもらった。

「あー、疲れた」

一日が終わると坂下はぐったりとし、這《は》うようにして二階にある自分の部屋に向かった。お腹《なか》はペコペコだが、食べ物を買いに出る気力がなく、流しの下の戸棚を漁《あさ》る。見つかったのはマグロの缶詰が一つだけで、仕方なくそれをおかずにご飯をかき込んだ。

本当はゆっくり湯船にでも浸かりたいところだったが、一人暮らしになると湯を張るよりシャワーで済ませる方が水道代は安く上がる。

そんじょそこらの主婦よりも、節約に関する知識が増えている坂下なのである。

ここはひとつブログでも立ち上げて、節約日記をつけるのもいいかもしれない。人気が出れば、出版の話が来て臨時収入を得られる可能性もある——常に金欠状態のため、しみったれた妄想をする。

もちろん、そんな時間は少しもありはしないが……。

坂下はタバコに火をつけると、通帳を開いて目の前の現実に目眩《めまい》を覚えた。

「うわ……、これヤバイんじゃないかな」

ここに来て、一年ちょっと。

寂しい数字が並ぶそれを見て、ますます疲れが出てくる。綱渡りとはこのことで、本当にギリギリの状態なのだ。いつ破綻《はたん》してもおかしくはない。目の前で灰になっていくタバコを見つめながら、そろそろこれもやめる時期に来たかと思うが、仕事の合間や終わった後の一服はどうしても捨てられない。

このままで大丈夫なのかといささか不安になるが、「続くのか?」なんて思う暇があったら「続けるんだ」という意思を持ってやるべきだと自分に言い聞かせ、メガネを外して通帳を閉じる。

「さ。汗でも流してくるか」

坂下は根本ギリギリまで吸ったタバコを消し、着替えを用意してシャワーを浴び始めた。

シャンプーやリンスは、ここ半年使ったことがなかった。頭の先から爪先《つまさき》まで、安くて有名なドラッグストアで買いだめしたどこで作ったのかわからないようなアヤシゲな石鹸《せっけん》で、全身を泡まみれにする。

髪の毛を洗っていると、何やら部屋の方で音がし、坂下は手を止めて聞き耳を立てた。

『先生、先生っ。大変です！　患者さんが……っ』

聞こえてきたのは、双葉の声だった。泡を流すのもそこそこに風呂《ふろ》場から顔だけ出すと、血相を変えた双葉が立っている。

「どうしたんです？」

「いいから早く来てください。大変なんです！」

すぐに一階に下りていく双葉を見て、ただごとではないとバスタオルを腰に巻いて階段を駆け下りた。床が水浸しだが、そんなことを気にしている余裕はない。

バン、と診察室のドアを開け、坂下は勢いよく中に飛び込んだ。しかし、診察ベッドには誰ものっておらず、ケガ人や急病人が運ばれてきた様子はない。

わけがわからぬまま、双葉に患者はどこだと聞こうとした時、部屋の隅に立っていた物が小さく声をあげた。

「あ……」

健さんだった。その後ろには、斑目の姿もある。

バスタオル一枚で飛び込んできた坂下の迫力に圧倒されたのだろうか。健さんは泡だらけの坂下を見て、口をポカンと開けたまま硬直している。大変と言っていたわりに普通に構えている健さんたちを見て、坂下もこの状況が呑《の》み込めずに目をパチクリさせるだけだ。

　そして次の瞬間、後ろから腕を回され、羽交い締めにされる。

「——っ！　何するんです。双葉さんっ」

　暴れるが、がっしりと摑まれているため身動きもままならない。そうこうしているうちに、斑目が近づいてきて坂下の横に立った。

「なぁ、健さんよぉ。あんたさっきから全然人の話を聞かないから、教えてやる。よーく見とけよ」

　言うなり、斑目は坂下の腰に巻かれてあるバスタオルに手を伸ばし、それをむんずと摑むと容赦なくはぎ取ってしまうではないか。

「わ〜〜〜っ！」

「——っ！」

　生まれたままの姿にされ、坂下は大慌てだ。同じ男とはいえ、相手はちゃんと衣服を身につけているのに、自分だけがすっぽんぽんというのは恥ずかしい。健さんも坂下の裸に顔を真っ赤にしていたが、視線は薄い胸板の辺りから下がっていき、股間《こかん》のところで止まった。するとみ、見る見るうちに青ざめていき、膝から崩れ落ちたかと思うと両手を床についたまま深く項垂《うなだ》れる。

「……う、嘘だ」

耳に飛び込んできたのは、そんな言葉だった。いつもの渋い健さんからは想像もできないような落胆した姿に、坂下は啞然《あぜん》とするだけだ。

何をそんなに落ち込んでいるのかと見ていると、斑目が健さんをたしなめるように言う。

「どうだ、これでわかっただろう？」

「うう……、嘘だ……。あんなものが……あんなものがついてるなんて……」

あんなもの。

坂下は、ゆっくりと自分の股間に視線を移した。これのことかと、男なら誰もが持っているものをじっと眺める。

「だから言っただろうが。先生がどんなにあんたのマドンナに似てようが、男なんだって。ちゃ〜んとチンコがついてんだよ」

「い、言わないでくれ」

「現実を見ろ。いい加減に、先生とあんたのマドンナを混同するのはよせ」

「ううう……っ」

口許《くちもと》に笑みを浮かべ、勝ち誇ったように言う斑目に、坂下の目が次第に据わり始めた。

（まさか……）

斑目たちの意図が、ようやくわかってきたのだ。ずっと前に診察室で言われた言葉が、おもむろに蘇《よみがえ》ってくる。

『一回パンツの中を見せてやれ』

男だと思い知らせるために、こんなことまでしてみせるのだ、斑目は。お祭り騒ぎが好きだとは知っていたが、ここまでやるとは思っていなかった。

健さんの目が覚めたとわかり、双葉は羽交い締めを解いてくれたが、健さんのあまりの落ち込みように、坂下はただ突っ立って見ていることしかできない。

「まぁまぁ、そんなに落ち込まないでさ〜。やけ酒なら奢るっすよ？」

「嘘だ……。嘘、だ。……先生に……あんなものが……」

悪夢だと言わんばかりだ。しかも、双葉が落ち込む健さんの両肩に手を置くと、男泣きを始めるではないか。泣くほど自分を女性視していたのかと、複雑な気分になる。

坂下は、双葉に連れられて診療所を出ていく健さんを真っ裸で棒立ちになったまま、じっと見送るしかなかった。

「あのねぇ、いくらなんでもあんなやり方しなくたって」

三十分後。坂下は斑目に文句をぶつけていた。

あの後、ちゃんとシャワーを浴び直して疲れを落とした坂下は、斑目と向かい合わせでちゃぶ台の前に座っていた。危険な男と二人きりになるのはどうかと思ったが、斑目が差し入れと言って持ってきた白桃に目が眩《くら》んだ。

食後のデザートなんて、もったいなくて自分で買う気になれない。ボランティア精神溢れる医者も聖人君子ではなく、欲を持つ一人の人間だ。久々の贅沢《ぜいたく》品の魅力に負けてしまったとしても、おかしくはない。

怒る坂下の目の前に、即座に白桃の入った袋をぶら提げて黙らせる用意周到さは、さすが斑目である。しかも、二階にまで上がり込んでしまうのだ。

やはり、一筋縄ではいかない男であることは間違いない。

「旨《うま》いか？」

「はい、果物《くだもの》なんて滅多に食べられませんから」

「カップ麺《めん》ばっかり喰ってると、躰壊すぞ。ビタミンも取れ」

「すみませんね」

斑目はちゃぶ台に片肘《かたひじ》をつき、「よく喰うな」と言いたげな目をしながら白桃を頬張る坂下を眺めていた。いるかと聞くと「そんなに美味《おい》しいなら全部やる」と言われたので、ありがたくいただくことにする。

「でも、助かったんじゃねぇのか？　健さんに毎日毎日来られて迷惑してたんだろうが」

「まぁ、それは否定しませんけど」

確かに、診察を受けたい一心でわざと生傷をこしらえてくる健さんに、困ってはいた。治療代はその場できっちりと払っていたとはいえ、多忙な坂下に不必要な仕事に時間を割く余裕はない。そして何より、そんなくだらないことのために、軽くとはいえ自分の身を傷つけてくるのだ。医者として決して許せることではない。

しかし、やはり一件落着とばかりに笑っていられるほど大らかにもなれなかった。

坂下は男だ。

イチモツがついているのは当然のことなのに、股間のものを「あんなもの」呼ばわりされ、その存在を否定されるなんて、男としてどうかと思う。「ついてておかしいんですか！」と、詰め寄りたくなるのだ。

斑目や双葉の企《たくら》みに嵌《はま》ったのも、素直に喜べない原因でもあった。

結果的に助かったとはいえ、斑目たちはからかい半分にやっているのだ。本当に油断も隙《すき》もない二人で、頭が痛くなる。

今夜の話も、きっと数日後には街の連中に知られているだろう。

このところ健さんの動向が注目されていただけに、この素晴らしいオチにみんなは喜ぶに違いない。

「もうちょっと他にやりようが……」

　ブツブツと文句を言いながらも、しっかり差し入れの白桃は完食する。ごちそうさま、と顔の前で両手を合わせて軽くお辞儀をした。

「先生。もしかしたら、健さんに惚《ほ》れられて嬉《うれ》しかったんじゃねぇのか？　硬派で男惚れされるタイプだしな」

「まさか。そんなはずないでしょう」

「どうだか……」

　疑いの眼差しを向けられ、ゴクリと唾《つば》を飲んだ。こんな時の斑目は、色気がある。何か企んでいそうな目に、危険信号が点滅を始めた。

「へ、変な言いがかりつけないでくださいよ」

　ヤバイ雰囲気になってきたと、白桃をのせていた器を片づけるふりをして立ち上がろうとしたが、斑目の手が伸びてきたかと思うと手首を摑まれる。

「な、どうなんだ？　先生。怒んねぇから、白状しろ」

「何をです」

「本当は、ちょっとクラッと来てたんじゃねぇのか？　健さんの渋さに」

　今さら言っても仕方がないが、じり、じり、とにじり寄ってくる斑目に、やはり部屋に上げたのはマズかったと後悔した。

「俺ってもんがありながら、気の多い奴だよ」

「ご、誤解です」

「じゃあなんで、出入り禁止にしなかったんだ?」

「う……」

坂下は言葉に詰まった。

単に、思いつかなかったのだ。どんな理由があろうとも、患者を出入り禁止にするなんて考えられない。実際に、健さんはケガをしているのだ。いつも大したケガではなかったが、診るまでそれはわからない。

そして何より、わざとケガをしている証拠がないものだから、注意もできなかったというのが正直なところだ。自分と会うためにわざとケガをしているんだろう、と詰め寄るだけのふてぶてしさも自信も、坂下は持ち合わせていなかっただけの話だ。

「ほーら、やっぱり、ちょっとグラついてたんじゃねぇか」

坂下の沈黙をどう取ったのか。斑目は、確信したように言いきり、迫ってくる。耳元でしゃがれ声を聞かされただけで腰が砕けたようになってしまい、坂下は逃げるチャンスを失っていた。

「泡だらけの先生は、色っぽかったぞ。犯したくるほどにな……。あそこで我慢した俺を、褒《ほ》めて欲しいもんだな」

「ちょ、……ちょっと……っ、斑目さん……っ」

力づくで押さえ込まれたわけではないというのに、いつの間にか斑目の下に組み敷かれた格好になっており、舌舐《したな》めずりをする獣に見下ろされている。

熱い視線を注がれるだけで、坂下の中に眠る淫蕩《いんとう》な血が騒ぎ始めるのだ。

やんわりと自分を押さえ込む斑目と見つめ合っていると、心が蕩《とろ》けていき、何もかもがどうでもよくなってしまう。

「チンコがついてるくらいで落胆するような男が、そんなにいいのか？」

「……っ」

「まったく。ちょっと油断すると、他の男に色目を使いやがる」

「そんな、色目、なんて……、使ってませんよ」

「そうか？」

斑目は、疑うことを愉しんでいた。

行為を盛り上げるための言葉だとわかっていても、その策略にまんまと嵌ってしまう。

まるで男遊びがやめられない、だらしのない女にでもなった気分だ。男を喰うのが好きな淫乱だと叱られ、またおイタをしたなと言って折檻《せっかん》される。それは、男は斑目一人で十分だと思わされるような、甘いお仕置きだ。

もうしませんから……、と許しを乞《こ》いながら、自分のオトコの味を教え込まれる悦《よろこ》び。

ひとたびその味を覚えると癖になり、自らもそれを待ち望んでしまうようになる。

「先生、こいつじゃ満足できねぇか？」

ズボンの上からそそり勃《た》ったものを握らされ、その逞しさに頬を染めた。こうも簡単に臨戦態勢に入れる男に反発を覚えながらも、その魅力には抗《あらが》うことはできない。

これまでに何度、斑目の見せつけるような色香にあてられただろうか。

「……ぁ」

「先生の躰を気遣ってたんだがな、他の男に気が行くくらい余裕があるんなら、遠慮なんてする必要はねぇな」

「あの……、ちょっと……いきなり、なん……ですか……っ」

「俺は先生の股間にナニがぶら下がってようが、関係ねぇぞ。なんなら、しゃぶってやろうか？」

斑目はそう言うなり、坂下のズボンを少しずらした。抵抗する間もなく、下着の中で張りつめていたものを取り出され、口に含まれる。

「——ぁ……っ」

掠《かす》れた声が、坂下の唇の間から漏れた。斑目の口の中は熱く、屹立《きつりつ》はすぐに愛撫《あいぶ》の虜《とりこ》になってしまう。腰を浮かせてしまいそうになり、必死でこらえるが、裸足の爪先にはギュッと力が籠《こ》められており、坂下の状態を正直に白状している。

男にこんなことをされて、悦ぶ自分が恥ずかしい。

「ちょっと……、あの……っ、待……っ、……くださ……っ」

抗議するが、まったく取り合ってはくれない。斑目の舌は先端のくびれを執拗《しつよう》に嬲《なぶ》り、溢れる蜜《みつ》を搦《から》め捕《と》った。手加減なしの愛撫に、膝から力が抜ける。

「はぁ……っ」

躰に熱が蓄積していくのがわかった。

風邪《かぜ》で熱が出た時のように、顔が火照《ほて》って仕方がない。鏡を見ずとも、目許が赤く染まっているのがわかる。頭もぼんやりとしてきて、快楽だけが坂下を支配する。

斑目の舌は容赦なく這い回り、坂下の弱い部分を攻め立てた。これだけでも声をあげそうだというのに、斑目はさらに自分の指を唾液《だえき》で濡《ぬ》らして後ろを探り始める。

「――っく、……ぁ……っ、……んぁあ……っ」

前と後ろの両方を嬲られると、坂下はあっさりと観念した。罪の果実が滴らせる甘い蜜に、夢中になってしまう。

「ぁ……、……はぁ……っ、……んっ、……あぁ、……あ」

疲れていたが、斑目が欲しくて仕方がなかった。いや、疲れていたから余計にそうなったのかもしれない。浅ましい行為に溺《おぼ》れ、くたくたになりたいと躰が求めている。

何もかも忘れて、斑目と享楽に耽《ふけ》りたい――。

坂下は自分を翻弄《ほんろう》する男の髪の毛を摑み、躰をしならせて悦んだ。嬌声《きょうせい》を漏らし、身悶《みもだ》え、眉をひそめて苦悶《くもん》する。今の坂下は、斑目の思いのままだった。奉仕されながらも、支配されているのと同じだ。

そして、後ろを嬲る指が射精を促す。

「ぁあっ！」

次の瞬間、坂下は斑目の口の中に白濁を放っていた。

余韻はすぐに収まらず、ビクビクと微かに震えながら少しずつ躰を弛緩させていった。

射精をして敏感になった場所を、舌で綺麗《きれい》にされる。そんな刺激にすら反応してピク、となると、斑目は小さく笑った。

「先生、濃かったぞ。オナニーをする暇もないくらい働いてんのか？」

斑目が再びにじり上がってくると、坂下は身を起こして少し後退《あとずさ》った。だが、すぐに捕まり、今度は「自分も……」と、手を取られ、ズボンの中でそそり勃っているものを握らされる。

そして、斑目の顔を見ることができずに頑《かたく》なに俯く坂下の耳に、斑目の唇が触れた。

「ほら、先生。先生の乱れる姿を見ただけで、こんなだ。先生を喰いたくて仕方ないって言うんだよ。困ったやつだろう？」

悪いことを吹き込む時の斑目は、なぜこんなにもセクシーなのか――。

変化したそれに、坂下は次のステップへ進むことを望んでしまっていた。

今度は、これで愛されたいと。

「な、先生。ちょっといじってくれよ」

ジジジ……、と音を立て、斑目はズボンのファスナーを下げた。ゆっくりとした動作がじれったさを呼び、坂下を欲深い獣《けだもの》にする。

「……そうだ。先生、上手だな」

言われるまま斑目のものを握ると、斑目がその上から手を重ねて上下に擦《こす》った。視線のやり場に困っていると、また耳元で囁《ささや》かれる。

「な、先生。俺のを、ちゃんと見てくれよ」

甘い誘惑に負けて、視線をそこに移す。

逞しく育った斑目のそれは、すでに先端から透明な蜜を溢れさせていて、目の前のごちそうを見て涎《よだれ》を垂らしているようだった。再び目を逸《そ》らそうとするが、斑目が顔を覗《のぞ》き込んできて、つい視線を合わせてしまう。

口許に浮かべられた笑みは、一緒に悪さをする共犯者に向けられるそれだった。欲望を隠すどころか、わざと見せつけて知らしめる。あからさますぎるほどの斑目の求めは、反発する気持ちを優しく殺していき、最後には服従心を芽生えさせる。

「先生、俺のを見て、また興奮したか？」

「な、何……馬鹿なこと……、――ん……っ」

優しく背中に腕を回されたかと思うと、唇を塞《ふさ》がれ、坂下は目眩を覚えた。濃厚に口づけられながら畳に押し倒され、何もかもがどうでもよくなる。

次第に激しく貪《むさぼ》るキスに変わっていき、抑えきれない欲望に坂下は喘《あえ》いだ。

欲しくて欲しくて、仕方がない。

「うん……、んっ、……んぁ……っ、……ぁあ……」

自分から口づけを乞い、斑目の求めに応《こた》えた。

早く。

言葉にはできないが、坂下は待ち焦がれていた。早々に押し倒しておきながら、いざ坂下に火がつくと、今度は焦《じ》らしてみせる男が憎らしくて背中に爪《つめ》を立てる。

「もう、限界か？」

斑目はそう言って、いったん躰を離した。自分に馬乗りになったままの斑目が上着を脱ぐ仕種《しぐさ》が、ダメ押しのように坂下の心を蕩けさせる。

鍛え上げられた肉体は、芸術的でもあり、同時に荒々しい野生を感じた。

「先生。こいつでたっぷり可愛《かわい》がってやる」

坂下のメガネを外すと、斑目はそそり勃ったものをあてがい、腰を進めてくる。

「ぁ……っ」

心は欲しがっているというのに、躰の方はまだ十分に準備が整っておらず、すぐに受け入れることはできなかった。しかし、先端をねじ込まれ、半ば無理やり挿入される。

「ぁあ、……ぁあっ」

こめかみや耳の後ろに唇を落とされながら、熱い楔《くさび》が徐々に自分を引き裂くのを、歓喜の思いで味わっていた。苦痛もすべて、愉悦に変わっていく。

こんな快楽があっていいのかと、思うほどに……。

「あ、あっ、……んぁ、——ぁああ……っ！」

根本まで深々と収められると、今度はゆっくりとした抽挿《ちゅうそう》に攻め立てられた。斑目の首に腕を回し、しがみついていることしかできない。男だというのに、同じ男の前ではしたなく脚を開き、もっと深く入ってきてくれと望んでいる。

「先生……っ、いやらしい、ことを……言ってみてくれよ」

息をあげながら自分を揺らす男の口から、そんな言葉が漏れた。もっと力強く突いて欲しくて、促されるまま自分の欲求を口にする。

「そこ……、……っ、斑目さ……、そこ……っ」

「先生のいやらしい台詞ってのは、その程度か？　……可愛いもんだな」

熱く、優しい眼差しを注ぎながら、斑目は坂下の下唇を親指の腹でゆっくりとなぞった。

斑目の視線に、焼かれそうだ。

見つめられているだけで、こんなに高ぶるものなのだろうかと思わずにはいられない。この男にとことん愛されたくて、自分の想《おも》いを言葉にしてねだる。

「……お願、です……、……おねが……っ」

「何をお願いしてるんだ？」

「もっと……、……奥」

「奥に、俺が欲しいのか？」

焦らすようにゆっくりと腰を回され、あまりのもどかしさに、無意識に膝をきつく閉じてしまい斑目の腰を締めつけた。焦らしながら愛するやり方が、坂下を貪欲《どんよく》にさせる。

「おっきいので、奥を突いてって、言ってみてくれよ、先生」

そう簡単に口にはできないと知っていながら、斑目はわざとそんな要求をした。恨めしくてたまらない。

「……、焦らさ、な……で……、くださ……」

「焦れったいか？」

「斑目さ……」

「ほら、言ってみてくれよ」

「……っ」

いつまでも意地悪をやめない斑目に観念して、首に回した腕に力を込めると、恥を忍んで耳朶《じだ》に唇を当てた。

「斑目さんの……、……っきいので、……もっと………突い……て、ください」

こんな台詞を言わされるなんて、男としてどうかと思うが、もう構わない。このもどかしさから救ってくれるなら、どんなはしたない言葉も口にできる。

「早く、……おっきい、の……、……突いて……」

「……先生」

「――ぁあ……っ！」

奥深く貫かれ、坂下は悲鳴にも似た声をあげた。声が掠れ、喉《のど》がヒュウと小さく鳴る。

「先生っ、これで、いいか？」

「あ、……ぁ……っ、あっ、……ぁあ……ん、……んぁ」

「これでいいかと、聞いてるんだ」

急激に激しくなっていく動きに、坂下は夢中になった。恥じらいなど感じる余裕もないほどに、溺れてしまっている。

「あ、あ……っ、斑目さ……っ、はぁ……、……イイ、です。……すご……い」

斑目の息遣いがより獣じみたものになると、急速に高みがやってきて、坂下はせり上がってくるものに身を任せた。

「あぁー……」

白濁を放った瞬間、自分でも斑目を強く締めつけたのがわかり、中で隆々としていた熱の塊が痙攣《けいれん》したのを感じた。

「……っく」

男っぽい喘ぎが聞こえたかと思うと、奥をたっぷりと濡らされる。

痙攣はしばらく続き、それが収まると体重を乗せてくる斑目を黙って受け止めた。言葉を交わす余裕などなく、坂下はただその存在を嚙《か》み締めていた。


翌朝、坂下はいつもの時間に目が覚めた。

しかし、爽《さわ》やかな目覚めとはほど遠く、しっかりと残っている疲労感にしばらくは手を上げるのも億劫《おっくう》だった。布団の上に寝かされていたが、斑目の姿はない。仕事を探しに行ったのだろう。職業安定所の求人は、早い者勝ちだ。

もうメスは握っていないとはいえ、ブランクを感じさせない技術があるのだ。こんなに朝早くから、わざわざ3Kと呼ばれる仕事を探しに行かずともいくらでも稼げるだろうに、斑目はこの生活がいいと言う。

本人がそれでいいなら口を出すつもりはないが、正直なところ、あの腕を腐らせておくのは惜しいと思っていた。もう一度、あの神懸かり的なテクニックが見たい。

斑目が執刀する手術を目の当たりにしたことのある坂下が、いつまでも拘《こだわ》ってしまうのは、仕方のないことなのかもしれない。

（いたたた……）

いつまでも寝ているわけにはいかないと、坂下はゆっくりと身を起こした。

まだ躰のあちこちに、斑目の感触が残っている。肌が覚えていると言ってもいい。嚙まれた鎖骨。強く吸われた首筋。触れるようなキスを落とされたこめかみ。そして、斑目自身を受け入れた深い場所にも、まだ小さな熱が燻《くすぶ》っている。

屑籠《くずかご》に放り込まれてある大量のティッシュが、獣のように貪り合った昨夜《ゆうべ》のことを思い出せと訴えているようだ。斑目にされた、さまざまなことを……。

（また、やってしまった……）

再び昨夜の行為が蘇ってきて、坂下はハッとなった。何をいつまで余韻に浸っているんだと、そのことを頭から追い出す。

「さ、早く準備しよう」

布団から出ると軽く朝食を取り、坂下はさっそく診療所を開ける準備をした。

床をざっと掃き、スリッパを並べて白衣を羽織る。診察室の準備を整えたところで、診察開始時間の五分前。出入口のカーテンを開けるな否や、ポケットに両手を突っ込んだ患者がすぐに入ってきて、坂下に軽く手を上げながらスリッパに汚れた足を突っ込む。

病院というより、雀荘かパチンコ店に来るような気軽さだ。

だが、この街ではそれでいいと坂下は思っている。

「せんせ〜。おはよーさん」

「あ、おはようございます。調子はどうですか？」

今日一番の患者は、二週間ほど前に、ここで縫合手術をした男だった。酔った勢いで転んで、足を深く切ってしまったのだ。どこでどう躓《つまず》けばこうなるのだと言いたくなるような大ケガで、運ばれてきた時は、血まみれの足にちゃんと指が五本揃っているか思わず数えたほどだ。酒で血液の循環がよくなっていたのだろう。心臓より下だったことも出血を酷くした原因の一つだ。

しかし、見た目ほど傷は深くなく、今は順調に回復に向かっており、そろそろ抜糸をしてもいい頃に来ている。

「患部を見ますから、靴下を脱いでください。痛みはどうですか？」

「平気平気。それよりよ、先生の言うこと聞いて、ちゃんと清潔にしてたんだぞ。ほら」

「あ、ほんとだ。治りもいいみたいですねー」

坂下は男の抜糸を済ませ、念のため数日後にもう一度診せに来るよう言ってから男を帰した。どうせ来ないとわかっているが、無駄とわかっていても自分から手を抜くようなことはしない。

それからは、慌ただしく時間が過ぎていった。

腹痛を訴える者や、水虫などの皮膚病を診せに来る者。人恋しさからか、くだらない理由で顔を見せに来る者もいるが、そういう時はこの診療所を思い出してくれたことに喜びを覚える。

一度、十一時を過ぎた頃に、仕事にあぶれた男二人が待合室で殴り合いを始めるという騒ぎが起き、周りの連中をも巻き込んで暴動と化したが、坂下のゲンコツで粛清した。坂下が怒鳴りつけると、荒くれ者たちはいつものようにシュン……、となり、素直に謝罪する。

そしてあっという間に昼になり、三時を過ぎ、坂下は昼食もそこそこに次々とやってくる患者たちをさばいていった。

そんな坂下のところに双葉がやってきたのは、太陽の光にノスタルジックな柔らかさが混ざり始める夕方のことだった。

「先生、ちょっといいっすか?」

「あ、双葉さん。……昨日はどうも」

忘れてないぞ、とばかりに、坂下は双葉を睨《にら》んだ。すると、ハハハハ……、と空笑いをする。

「耳に入れておきたいことがあるんっすけど」

「また変なことを考えてるんじゃないでしょうね」

そう言うが、双葉の表情からはそんな様子は読み取れなかった。いつになく真剣な顔をしているのに気づき、すぐに耳を貸す。

「え……」

それは、以前坂下にラブレターの代筆を頼みに来た山浦に関することだった。

その山浦の下に、十日ほど前、息子《むすこ》と名乗る青年が訪れた。事情を抱えた連中が多い中、家族がわざわざ訪ねてくるなんてめずらしく、診療所の待合室でもしばらく話題になったものだ。あれ以来、山浦が楽しそうに若い男と歩く姿を何度か見かけた。

しかし、その息子というのが、厄介だというのだ。

「お金を渡してる？」

「はい。それも結構な金額なんっすよね」

双葉が言うには、親孝行と言っては山浦のところに来て、肩を叩《たた》いたり酒を奢ったりしているが、必ずと言っていいほど金の無心をする。

真の目的が親孝行でないことは、明らかだ。

「奢るって言っても、安酒ですからね。一回にせびる金額に比べたら安いもんっすよ」

「で、言われるままずっと渡し続けてるんですか？」

「みたいっすよ。最近さぁ、野宿もするようになっちゃって。ギリギリまで絞り取られてる感じっすかね。しかもですよ、本人わかってて金渡してるっぽいんです」

「わかってて？」

坂下は表情を曇らせた。

山浦は今でこそちゃんと働いているが、若い頃は酒と女に溺れ、ロクでもない生活をしていたと聞いている。奥さんに手を上げたこともあったらしく、息子はそんな山浦のことを子供ながらしっかりと見ていただろう。父親を憎んでいても、なんらおかしくはない。

山浦が昔のことを悔いているのは、本人の口からも聞いたことがあった。

つまり、罪滅ぼしということか。

気持ちはわからないでもないが、そんな親子関係を続けたって誰も救われない。

「じゃあ、ちょっと俺から話をしてみますね。あの……斑目さんには……」

「わかってるって。俺だって、こんな話を先生にしたって斑目さんに知れたら、余計なことを吹き込むなって叱られそうだし、内緒にしとく。多分、山浦さんは今夜も公園に野宿するだろうから、行けば見つかると思いますよ」

「公園ですね。さっそく今夜にでも行ってみます」

この街では、そんなお節介をするのは無駄だとわかっていた。

これまでも、坂下は通ってくる患者の事情に何度も首を突っ込み、そして現実を見せつけられた。そのたびに斑目に呆れられ、現実を知って落ち込み、慰められてきたのである。今の双葉との会話を聞けば、またか……、と思われるに決まっている。

しかし、自分でも大して役に立っているとは思っていなくとも、首を突っ込まずにはいられないのだ。

「俺に内緒ってなんだ〜？」

いきなり双葉の背後から斑目がぬっと顔を出し、双葉と二人、飛び上がるようにして驚いた。

「ま、斑目さん……っ」

「よぉ、先生」

「い、いきなり出てこないでくださいよ。びっくりするじゃないですか」

「何内緒話してんだぁ？　俺には教えてくんねぇのか？」

「そ、それより今日は早いんですね。仕事は終わったんですか？」

話題を逸らそうと、苦し紛れに誤魔化《ごまか》してみると、意外にすんなりと引っかかる。

「おー、このところオイシイ仕事にありつけてるからな、がっぽり稼いできた。ほら見ろ」

斑目はそう言って、ポケットから金を取り出した。札束とは言い難いが、ここでは大金と言えるだけの枚数はある。坂下も、最近はあまり見ないまとまった現金だ。

「おお、万札がたっぷり！」

「ほれ、ほれほれ」

斑目がそれで顔を叩くと、双葉は身をくねくねとくねらせて喜んだ。

「あんっ、あんっ、もっと叩いて〜」

相変わらず馬鹿なことをしている二人に呆れ、仕事に戻ろうとした坂下だったが、斑目に何かを投げられる。

「先生。──ほらよ」

「……っ」

反射的に受け取ったのは、坂下が吸っているタバコが一カートン。

「空き時間にやったパチンコで当たってな、先生に土産《みやげ》だ。双葉、お前にもあるぞー」

「おー、斑目さん太っ腹！」

斑目は双葉にも戦利品を分けてよこし、ポケットから自分のタバコを取り出して火をつけた。咥えタバコで「嬉しいか？」という目をする斑目に、なぜか見惚れてしまう。

半透明をした黄緑色のチープな百円ライターですら、斑目の男ぶりを演出するアイテムになってしまうのだから、不思議である。

「なんだ。せっかく持ってきてやったのに、いらないのか？」

「わーっ、貰《もら》います貰います！　せっかくだからいただきますっ！」

奪われたそれを取り返し、坂下は両手でしっかりと摑むのだった。

診療所が終わると、坂下は白衣を着たままホームレスたちの様子を見に行くついでに山浦を探しに外に出た。

双葉の言った通り、山浦は公園にいた。ベンチに座り、一人でカップ酒を飲んでいる。痩《や》せた背中は少し寂しそうで、ずっと離れて暮らしていた息子と再会できた男のものとは思えなかった。

ラブレターの代筆を頼みに来た時のことを思い出し、寂しそうな背中とのギャップに、なんともいえない気持ちになる。

「こんばんは。今日は風が気持ちいいですね」

「お、先生」

山浦は振り返ると、明らかに作り笑いとわかる笑みを見せた。

顔は少しも赤くなっておらず、酒の匂《にお》いもしない。カップ酒と思っていたのは、どうやら水のようだった。空き瓶に水道水を入れて喉を潤しているだけだ。

もしかしたら、これで空腹をしのいでいるのかもしれない。そう思うと、息子の仕打ちを自分に与えられた罰として黙って受けているのが、切ない。

「ベティ・ブルーの朝美ちゃんって人とは、上手くいってます？」

坂下は、そんな言葉で切り出した。隣に座り、山浦の顔を覗き込む。

「う、上手くいくかボケェ。先生がラブレターの代筆頼まれてくれへんかったからな。惨敗や、惨敗」

「俺のせいにしないでくださいよ。誠意を籠めて書けば、どんな書き方だって気持ちは伝わるもんです。それに、上手くいかなくてよかったんじゃないですか？　聞きましたよ。息子さんが訪ねてきたんですって？　若い女の人と仲良くしてるところなんて、見せたくないでしょう？」

「そ、そうなんや。しっかし、あれがあんなに大きくなっとるとはなー。俺に親孝行しちゃるなんて言ってよ、肩なんか揉《も》んでくれるんや。やっぱ子供は作っとって正解と思うわ」

「そうですか」

「あとな、一緒に酒飲めるっちゅーのもええで？　俺ぁ、子育てなんぞなんもしとらんが、やっぱ自分の息子と酒を酌み交わすってのは、男親にとっては夢みたいなもんやからな。あいつなぁ、酒強いんやで？　さすが俺の息子やな」

自慢げな山浦の話をしばらく黙って聞くが、次第に気まずい空気が降りてくる。それはどう取り繕っても拭《ぬぐ》うことのできないものだ。

山浦も、このまましゃべり続けても意味がないとわかっているようだ。

一通り話を聞き、それが尽きて山浦が黙り込むと、坂下は軽い溜め息とともに寂しい笑顔を漏らした。

「ね、気づいてるんでしょう?」

自分は味方です、というように、坂下は優しく切り出した。

いつまでも、嘘を口にする山浦の気持ちは痛いほどわかるが、今日は目を覚まさせに来たのだ。このままでいい筈《はず》がないと、気づかせに来た。

「なんのことや?」

「腹を割って話しましょうよ」

先ほどまで雄弁に息子の自慢をしていたというのに、山浦は言葉が見つからないようだった。自分に近づく息子の意図に気づいているのは、間違いない。

「どうして、言われるままお金を渡すんですか? 罪滅ぼし?」

山浦は答えなかった。水の入ったカップ酒の空き瓶をしっかりと握り締めたまま、じっと遠くの方を睨んでいる。自分の過去の行いを思い出しているのかもしれない。

いつもは屈託のない笑顔を見せてくれるのに、今日は別人のようだ。

しばらく返事を待っていると、ようやく重い口を開く。

「俺はな、先生。本当に酷いことばっかりしてきた父親やったんや。親らしいことなんぞ一つもしとらん。それどころか、金は女とギャンブルにつぎ込んでばっかりやった。せやから今、あいつにしてやれることをしとるだけや。それやったら、文句ないやろ?」

「でも、言われるままにお金を渡すことが、親が子供にしてやるべきことなんですかね？」

その言葉に、多少気持ちが揺らいだのか、思いつめたような目で地面を睨んだ。しかし、それも長くは続かない。すぐに自分が正しいとばかりに、顔を上げた。

「お節介な先生やな。俺のことはほっとけ。余計なお世話なんや」

「山浦さん」

「あんたは、診療所をしっかり守っとればええんや」

山浦は冷たく言い放つと、立ち上がって歩いていく。

置いていかれ、一人残された坂下は、しばし山浦の消えた方を見ていたが、溜め息を漏らして足元に視線を落とした。

やはり、ダメだったか——坂下は自分の無力さを感じていた。

わかってはいたが、こうして思い知らされるたびに胸が痛くなる。

ベンチに座ったまま、山浦が消えた方をずっと見ていたが、白衣のポケットからタバコを取り出して火をつけた。

静かな空気に紫煙を吐き、闇《やみ》に溶け込んでいくそれをじっと眺める。生温《なまぬる》い風が、そんな坂下を慰めるように優しく頬を撫《な》でていく。

「斑目さん。いるんでしょ？」

先ほどから感じる人の気配に、坂下は確信を持ってそう言った。するとすぐさまガサッと茂みが音を立て、足音が近づいてくる。ザ、ザ、と砂の音を立てているのは、だらしなく踵《かかと》をつぶしているからだろう。

間違いなく、斑目の足音だ。

「なんだ、先生もやるな。どうして俺が覗き見してるってわかったんだ?」

「勘、ですかね」

そうだ、勘だ。

こういう時、斑目は必ずと言っていいほど、どこからか坂下を眺めているのだ。見守るように、側《そば》にいてくれる。

「先生が俺に来て欲しいって思った時には、すぐに来てやるぞ。正義の味方みたいにな」

「別に、来て欲しいなんて、思ってませんよ」

「そうか? 落ち込んだ背中はそうは言ってないがな」

からかう斑目に坂下は寂しく笑い、タバコを口に運んだ。旨いが、同時にほろ苦く、嚙み締めるようにそれを味わった。

自分のしていることが、正しいのかどうかわからない。

「余計なお世話って、言われました。確かに、何もわかってないくせにきれい事ばかり言ってますよね。斑目さんにも、似たようなことで何度も忠告されてるっていうのに……。どうして、いつもこうなんだろうな」

いつになく弱気なことを言ってしまうのは、斑目に心を許しているからなのか。わからないことだらけで、坂下は半ば途方に暮れていた。白衣の袖《そで》についたシミを手で弄《もてあそ》び、自分がここに来てからのことを考える。

白衣を買い換える余裕すらなく、いつもギリギリの状態だ。診療所には十分な設備も人手もなく、それどころか、いつ破綻してもおかしくない状況が続いている。自分のことすらままならないというのに、人のことを構うからあんなふうに一蹴《いっしゅう》されるのかもしれない。耳を傾けてもらうには、それなりのものが必要なのだ。

「先生」

「……はい？」

また、怒られるんだろうな――そう思いながら、中指でメガネを押し上げた。すると、斑目は坂下の隣に座り、背もたれに両腕をかける。肩を抱かれているような気分になったが、坂下は斑目から逃げようはしなかった。

「俺はな、ずっとここの連中のことは、ほっとけと思ってたが、あんたに出会って少し考え方が変わったよ」

「え……？」

「部外者だから見えることもある。何もわかってないからこそ、言えることはあるんだ。それが時に正しいってこともな。わかりもしないのに、いちいち口を出してお節介を焼くのは、あんたの悪いところでもあり、いいところでもある」

まさかそんな言葉が聞けるとは思っておらず、坂下は驚きのあまり固まったまま斑目を見ていた。

「一人くらい、先生みたいな人間がいねぇと、つまんねー世の中になる。いい加減、自分の性格を認めちまえ。ほっとけねぇんだろう?」

足首を逆側の膝の上に乗せ、だらしなく座る斑目はなぜか魅力的だった。泥だらけのスニーカーは、いかにも躰を使って働く人間の物といった感じで、靴下も薄汚れている。

そんなところにすら、男の色気を感じるのだ。

正直なところ、これ以上斑目の魅力を見せつけられるのは遠慮したかった。

いつも下ネタばかりを口にし、セクハラが趣味のような男だというのに、斑目に対する評価はマイナスになるどころか、どんどん上がっていく。最低だと罵《ののし》りつつも、普段の顔の裏に隠されたものに、心はいつも強く惹《ひ》きつけられる。

それに加え、この男臭い魅力が坂下を虜にしているのだ。同じ男である坂下からすると、自分の心の変化を素直に受け入れるにはまだ抵抗がある。

「なぁ、先生」

「はい。なん……、――わーっ!」

いきなり飛びかかられ、坂下はまんまとベンチの上に押し倒された。

外だからと安心していたが、油断は禁物だ。この男に、そんなことは関係ない。

「ちょっと、何やってんですか！」

近づいてくる髭面を手でググググ……、と押し返すが、力で敵うはずがなかった。面白がって、わざと「ん～」と唇を近づけてくる。顔を背けて必死に抵抗するが、もう片方の腕も斑目の胸板の下で完全に折り畳まれた格好になっていて、どんなに力を入れようがビクともしない。

「何恥ずかしがってんだよ。ここはこういう流れだろうが」

「何が『こういう流れ』ですかっ。全然違いますよ！」

「遠慮すんな。満月が見てる前でたっぷりと愛してやるから。前に外でやった時は、先生色っぽかったぞ」

「——っ！」

一度きりとはいえ、外でセックスをしてしまったのは紛れもない事実で、耳まで赤くなる。草むらの中で、この男に抱かれた。これで最後だと思いながら、獣のように貪り合った。熱い一夜は、今でも坂下の奥にしっかりと刻み込まれている。

「先生、夜空の下で愛を確かめるぞ」

「そ、そんなもん確かめたくないですっ！」

憎まれ口を叩いてみるが、斑目にそんなものは通用しない。完全に組み敷かれていてはじたばたともがくことしかできず、全力で抵抗しているというのに軽々と自分を組み敷く斑目に、羨望《せんぼう》と嫉妬《しっと》の入り交じった気持ちが湧《わ》き上がった。

ようやく斑目の下から逃れて安全なところまで逃げると、坂下は膝に手を置き、中腰の状態でぜぇぜぇと肩を上下させた。

髪の毛は乱れ、白衣も乱れ、呼吸も大いに乱れている。後ろを振り返ると、愉しげに笑う斑目と目が合った。

「先生。玉砕した時は、俺がちゃんと慰めてやるから」

「躰でですか？」

言われる前に……、とばかりに恨めしげな目を向けてやると、先手を打たれた男はニヤリと口許を緩める。

「お望みとあらばな。先生が満足するまで、ご奉仕してやるぞ。嫌なことなんか忘れるくらい、この黄金の指で躰の隅々までマッサージしてやる」

手を軽く挙げて、いやらしくニギニギとやってみせる斑目に呆れるが、あからさまなのはいつものことだ。こういうやり取りが、落ち込んだ気分を浮上させてくれるのも事実。

斑目がそう言ってくれるなら、もう少し粘ってみてもいいのかもしれない。

「先生。俺に来て欲しい時は、ほら、これを使って俺を呼べ。行ってやるから」

「……？」

投げて渡されたのは、紐《ひも》のついた金属製のホイッスルだった。軽く吹いただけでも、大きな音がする。

「先生が首から下げてるおっちゃんのお守りと一緒に、そいつもかけとけ。痴漢対策にもなるぞー。先生はホームレスたちの様子を見に、夜中でも一人で出歩くだろうが。襲われたら使え」

ふざけた言い方だが、言葉の裏に隠された真意に心が温かくなった。

夏本番にもなると、路上強盗《マグロ》をやる連中も出てくるため、この街の治安は悪くなる。後ろからいきなり殴られ、ボコボコにされた人間が診療所に運び込まれてきたこともあった。坂下も、被害に遭わないとは限らない。

まさか本当にこれで斑目が飛んでくるとは思わないが、自分の安全を気にかけてくれたのかと思うと嬉しくて黙って首からかけ、シャツの下に収める。

そして、中にあるお守りと一緒に服の上からギュッと握った。

お守りの方も、自分を想ってくれる人の気持ちが詰まった品だ。何もできなかった自分の思い出でもあるが、こうして少しずつ、宝物が増えていくんだろうかと思うと穏やかな気持ちになれる。

「せっかくだから、貰ってあげますよ。その代わり、飛んでこなかったら不良品ってことで突き返しますからね」

「おう、任せとけ。躰が疼《うず》いた時も呼んでいいぞー」

「それは遠慮しときます」

「お。やっぱり、先生も躰が疼くことがあるのか」

揶揄《やゆ》の交じった問いに、慌てて否定する。

「あ、ありませんよ！」

「俺は股間が疼きっぱなしだがな。なんなら、握って確かめ……」

「――結構です！」

斑目とのそんなやり取りのおかげでまた少し前向きになることができ、坂下は気持ちを切り替えた。山浦に忠告が効かないのなら、息子の方だ。どんな男かはわからないが、やって損はない。

しかし、そう簡単にいくほど世の中は単純でもなく、人の憎しみは根深いものだ。

坂下がそれを思い知るのに、時間はかからなかった。


数日後、診察室では溜め息をつく坂下の姿が見られた。

今日は比較的患者の数が少なく、穏やかな一日だと言えるだろう。しかし、それだけに物思いに耽る時間も増えてしまう。

双葉は先ほど顔を見せたが、斑目がまだ来ていないため、待合室の連中と一緒にチンチロリンを始めた。いつもなら「賭場《とば》じゃないんだから」と止めるところだが、正直なところそんな気力はない。

「そりゃあ、そんなに簡単にいくとは思ってなかったけどさ……」

ポツリと独り言を漏らし、寝癖のついた髪の毛をかき上げる。

坂下は待合室で盛り上がっている連中の声を聞きながら、斑目に貰ったタバコを機械的に口に運び、山浦の息子のことを思い出していた。

「あなたが、大黒《おおぐろ》昌一《しょういち》さん？」

坂下が山浦の息子と話をしたのは、斑目に元気づけられて三日後のことだ。診療所から少し離れた定食屋にいると双葉から聞いた坂下は、診療所の片づけは後回しにして、白衣のまま店へ向かった。

筋肉質の躰はしっかりとしており、目つきは鋭く、痩せた父親とは随分違うが、顔はやはりどこか面影があった。

「あんた誰?」

「坂下といいます。診療所で医者をやってるんです。山浦さんと知り合って結構長いんですよ」

「ふーん」

昌一はさして興味を示さなかった。

チラリと坂下を見たものの再びテレビに目をやり、ビールを手酌でついでチビチビと飲んでいる。なぜ声をかけてきたのかにも、興味はないらしい。

そんな昌一の態度に、この青年の心が冷えきっているのだと悟った。自分の父親のことなど、どうでもいいのだろう。山浦が過去にしてきたことを考えると、仕方のないことだとも言えた。

「いい加減、お父さんを許してやってもいいんじゃないですか?」

回りくどい真似《まね》は逆効果だと、坂下はなんの前置きもなく意見した。昌一の視線はテレビに向けられたままだったが、黙って返事を待っていると、まずはチラリと視線だけを坂下へ向けた。そして、ゆっくりと躰を動かして坂下と向き合う。

そんな態度に、この青年の意思の強さを感じた。

許してやるつもりはない。

言葉にされずとも、昌一がそう言うだろうということはすぐにわかった。

「あんた何モン？　なんか俺らのことに詳しいみたいだけど？」

「何者と言われても、ただの医者ですから」

「ただの医者が、なんの権利があって俺らのことに口出ししてんの？」

怒鳴るわけではないが、言葉を噛み締めるような言い方に昌一の怒りをひしひしと感じた。

根の深い問題だとはわかっていたが、いざこうして目の当たりにすると、たじろいでしまう。

「あんた、親父《おやじ》が俺やお袋に何をしたのか知ってんのか？」

「大体は……」

坂下の言葉に、昌一は鼻で嗤《わら》った。

自分でも嗤われて当然だと思う。「大体は」なんて、言った自分も嗤いたくなるお粗末な台詞だった。昌一の心を溶かすどころか、逆に神経を逆撫でしている。

昌一は、テーブルに肘をついたまま片手で面倒臭そうに髪の毛をかき回した。

「あんたさぁ、親父のせいで俺やお袋がどんだけ辛《つら》い思いをしてきたと思ってんだ？　俺がどんなに惨めな思いをしたのか、わかる？　別れた後、どんなに惨めな生活をしてたか想像できんのかよ？　お袋が早死にしちまったのは、苦労が祟ったからだよ」

「それは……気の毒なことだと……」

「——笑わせんな。何が『許してやれ』だ。気の毒なんてテメーに言われたくねぇんだよ、この偽善者が。許せなんて言うのは簡単だけどな、それはあんた自身が辛い目に遭ってないからだよ。どーせ、まともな両親の下で大した苦労もせずに、ぬくぬくと生きてきたんだろ？」

嘲笑《あざわら》う昌一に、坂下は自分が恵まれた環境で育ってきたことに罪の意識さえ覚えた。この街に来たばかりの頃、斑目にも言われたことがある。あんたのやろうとしていることは、着飾った金持ちが「寄付します」と言って小切手を渡すようなものだと。

自分たちのところまで、降りてこられるのか、と……。

昨日は「何もわかってないからこそ、言えることはあるんだ」と言ってくれたが、やはりあの時の斑目の言葉は、ある意味正しいとも思う。

昌一の怒りは、当然の反応だ。

「そりゃあ、気持ちいいよなぁ。こんな街でボランティアまがいの診療所をやって、いい人ぶって意見して、自分は人のためになることをしてるんだから。ご立派ご立派」

「俺のことはなんと言ってもらっても構いません。でも、お父さんもあなたがお金目当てだってこと、気づいてますよ」

「だったら何？　じゃあ、なおさらいいじゃん。お互い納得した上でやってんだから」

「お父さんからお金を取って、気が晴れるんですか？　あといくら取ったら……」

「うるせーんだよ！　とっとと消えろ！」

テーブルを壊さんばかりに両手で叩く昌一に、店内にいた客の視線が集まる。

それまで冷静さを装っていたというのに、火がついたように怒りを露《あら》わにした昌一の態度に、今は何を言っても無駄だと思い、すごすごと帰ってきたのである。

（あんなに憎めるもんなのかな……）

容赦ない昌一の態度は、思いのほか坂下を落ち込ませていた。

ショックだったのは、偽善者だと罵られたからではない。昌一の剝き出しの憎悪に、現実を目の当たりにさせられたのだ。頭ではわかっていたつもりだが、昌一の憎しみは昨日今日会った人間が意見してどうこうできるものではない。

坂下も他人を憎いと思ったことは、もちろんある。父親とも折り合いが悪く、勘当された形になっており、いまだに絶縁状態が続いている。意見の対立する父親を憎らしく思うことも……。

だが、昌一のそれは、坂下が知る憎しみとは次元が違った。昌一は、自分の父親が泣いて土下座をしても、何も感じないだろう。

それどころか、頭を踏みつけることすらするかもしれない。

（憎んだって、楽にはならないのに……）

そう言えるのは、本当の苦労を知らないからなのか。

先ほどから、溜め息ばかりが漏れる。

いつもは窓の下でくだらない下ネタで盛り上がっている二人がここにいないのも、坂下の気分がいつまでも浮上しない理由の一つだったのかもしれない。

窓枠に肘をつき、だらしない格好でタバコを吸いながら空を見上げた。

空はこんなにも穏やかだというのに、心は一向に晴れない。斑目からもらったおもちゃの笛を吹いてみようかという気になった。

これで本当に飛んできたら、すごい。

坂下は半信半疑で、いや、少しばかりの期待を胸に、首にかけていたそれをシャツの下から取り出した。

しかし、笛に口をつけようとした瞬間、にわかに待合室が騒がしくなる。

『先生っ、先生っ！　ちょっと来てくれっ！』

「！」

待合室から切羽詰まった声が聞こえ、タバコを消して笛をしまうと、すぐさま椅子から立ち上がった。

「どうしたんです?」

飛びつくようにしてドアを開け、診察室から飛び出す。だが坂下は、目の前に広がる光景を見て唖然とした。

(な、なんなんだ……)

どこから持ってきたのか、酒に酔って赤ら顔になった男が両手に洗面器を持ち、裸踊りをしているではないか。

男は坂下の顔を見るなり、右、左、と股間を隠す手を替えてみせる。

「先生っ、見てくれ！　ほらっ、よっ、はっ」

待合室にいた他の男どもは、手を叩きながら「ヒューヒュー」と口笛を吹いてはやし立てている。

「見えとる見えとるっ、横からはみ出とるって！」

「よ！　鉄《てつ》さんご立派！」

「この女殺し！」

そのかけ声に、はぁぁ……、と先ほどとは違う深い溜め息をついて頭を抱えた。ここの連中は、ロクなことをしない。人が真剣に悩んでいるというのに、緊張感の欠片《かけら》もないこの状況を嘆かずにはいられない。

坂下はツカツカと歩み寄り、ドスを利かせた声で静かに聞いた。

「……何やってんですか」

「先生、俺のは立派だろう？」

「だから何をやってんですか？」

冷たく言い放つと、下半身を丸出しにするなと暗に言っているとわかったらしく、しょぼんと肩を落とした。悪ふざけをこんなふうにあしらわれては、肩を落としたくもなるだろう。少し可哀相《かわいそう》な気もしたが、またこんな馬鹿なことをされては困ると、心を鬼にして診察室に戻ろうと踵《きびす》を返したが、呼び止められる。

「先生ぇ～、大丈夫なのか？」

「……？」

振り返ると、椅子に座っていた別の男が、坂下の顔を離れたところから覗き込むように首をかしげて言った。

「なぁ～んか最近、元気ねぇみてーだからよぉ。双葉から聞いたぞ。山浦のガキのことで悩んでんだろう？」

双葉に目をやると、少し気まずそうな顔を見せる。

「や。みんなに先生のこと聞かれちゃったから、つい……」

「あいつなぁ、俺らも息子に騙《だま》されるなって言ってんだけどなぁ、聞きやせんもんなぁ」

「先生にも、酷いこと言ったんとちゃうか？」

「だから俺たち、先生を元気づけてやろうと思って。……なぁ？」

周りに同意を求めると、全員が「うんうん」と頷いて坂下の顔を窺《うかが》う。それを見た坂下は、自分がここの連中にそんなふうに気にとめてもらっていたことに少し驚いた。

彼らなりに気を遣っていたのだ。かなり間違った方向に走ってはいるが、その気持ちは嬉しかった。あの裸踊りは、自分に対する応援の舞。

とんでもない舞だが、誠意は籠もっている。優しさも。そして、思いやりも。

「なんか酷いこと言われたのかよぅ」

裸踊りの男が、困ったような声をあげる。

「いえ、そこまで酷いことは」

「先生が元気ないと、調子出なくてな」

「そんなことはいいから、パンツ穿《は》いてくださいよ」

いつまでも裸で仁王立ちする男を見て、坂下は女性の看護師を雇わなくてよかったとつくづく思った。どうしようもない男どもは、他の病院でも問題を起こすだろう。

やはり、ここは自分がちゃんとこの診療所を守って面倒を見なければ。

そんなふうに思えてきて、いい加減気持ちを切り替えねばと思う。

「俺のが拝みたくなったらいつでも言っていいぞ。見せてやるから」

「結構です。今度待合室で脱いだら叩き出しますからね」

怒ったふりをしながら心の中では感謝し、メガネの位置を中指で正して踵を返した。

本当にしょうがない連中だ。いい歳をした大人が、こんなことをして喜んでいるのだ。子供と変わらない。

口許に笑みが浮かんでしまうのをこらえきれず、手で覆い隠しながら診察室に入ろうとするが、診療所のドアが開閉する音がして再び足を止めた。

そして、入ってきた人物に目をやる。

「……っ」

それは、上品なスーツを身につけた男だった。

「こんにちは」

その言葉に、待合室全員の視線が出入口に集まる。

背は坂下と同じくらい。歳もそう離れてはいないようだが持っているものが違う。

凄《すご》みのある美形といった感じで、目鼻立ちははっきりとしており、色白で理知的な印象があった。柔らかそうな髪の毛には軽くウェーブがかかっており、男の美しさを際立たせている。目の下のホクロが、同じ男である坂下から見てもやけに色っぽい。

(だ、誰……？)

すぐには反応できず、棒立ちになったまま見ていると、男は靴を脱いで診療所の中に入ってきた。箱の中に詰め込んである診療所のスリッパは使わずに、自分で持ってきた旅行用らしきそれを履いたのは、こんな掃きだめとは縁のない生活を送っているからだろうか。

だが、その行動が嫌味に見えない。

「あなたが、坂下先生？」

「は、はい。そうですが」

「なるほどね。噂には聞いてたけど、ボランティアまがいのことをやってる先生ってあなたでしたか。でも、想像してた通りの人ですね」

自分のことを知っている人物だとわかると、ますます謎《なぞ》めいて見えてくる。

また偽善者なんて言われるのかと身構えたが、男が見せたのは友好的な笑みだった。

「ボタン、取れかかってますよ」

見ると、白衣のボタンの糸が緩んでおり、辛うじてぶら下がっている。

指をさす仕種にすら優雅さのようなものがあり、坂下はなぜか緊張せずにはいられなかった。この街に来てから、こんなタイプの人間は見たことがない。もう少し目許に優しさがあれば、絵本の中から出てきた王子様だと言われても信じるだろう。

「あの……どういったご用件ですか？」

「ああ、ちょっとね。人を捜しに……」

「人を……ですか。誰を？」

聞くと、男は鮮やかに笑ってみせる。

「斑目先生、ここによく来るんですって？」

「え……」

坂下は、自分の心臓がトクリと大きく鳴ったのを感じた。斑目を『先生』と呼ぶ人間は、この街にはいない。

なぜか、胸騒ぎのようなものを覚えた。単に、近くを通ったから立ち寄ったというわけでもなさそうだ。男の目的がなんなのか、どうしても知りたくなる。

「斑目幸司。知ってるでしょ？　すごーく手の器用なお医者さん」

含みのある言い方に、思わずあの手に嬲られた時のことを思い出してしまった。幾度となく、躰で確かめさせられた。あの手がどんなふうに器用に動くのかを……。

神の手。

人を救うだけでなく、淫《みだ》らなことを教え、堕落させる魔の手でもある。

「あれ？　器用だっていうの、知ってるみたいですね」

「え？　……あ、いや……っ」

「そんなに慌てなくていいですよ。誰も責めたりしないですから」

優雅に笑う男に、坂下はすっかりペースを乱されていた。というより、待合室の空気全体が、この男に握られているような状態だ。

男はまるで、舞台の中央でスポットを浴びる主役のようだ。

「で、斑目先生は？　今日はまだ来てないんですか？」

「え、ええ。よく顔を出しますけど、今の時間は仕事に行ってるだろうから、いません」

「来るのは何時頃？」

「さぁ。その日によって違いますから」

「そ。残念」

残念と言っているわりに、男は少しも落胆しているようには見えなかった。

愉しみは後に取っておいた方がいいというように、ご機嫌な様子で斑目の生活圏である診療所の様子を眺めている。下半身を剝き出しにしたまま突っ立っている鉄さんと目が合ったが、すっぽんぽんで立っている男の股間を見て顔をしかめるどころか、ニッコリと笑ってみせた。

「あ、ご立派」

目を逸らしもせず、堂々とそこを直視する。

こんなきれいな男に直視されると、いくら鉄さんでも恥ずかしいのだろうか、坂下が注意した時はすぐに行動に移さなかったというのに、そそくさとズボンに脚を突っ込んでいる。

「あの、失礼ですが、どちら様ですか？」

「……ああ、すみません。名乗りもしないで。北原龍《きたはらりゅう》っていいます」

甘さのある声質のせいか、名を名乗る声までもが色っぽいような気がしてならなかった。

特に媚《こ》びた感じもないというのに、誘われているような気さえする。

「龍が来たって、斑目先生に伝えておいてもらえます？」

北原と名乗った男は「じゃあ、また」と軽く手を挙げると、意味深な微笑を残して診療所を出ていこうとした。ポカンとしたままそれを見送る坂下だったが、診察室の方から特徴のあるしゃがれ声が聞こえてきて我に返った。

『せんせ～、土産持ってきたぞー。いねぇのか～？』

急いでそちらに行くと、咥えタバコの斑目が窓から顔を覗かせている。また空き時間のパチンコで勝ったのか、手には戦利品らしい物が入った袋を抱えていた。

「よぉ、先生。今日も寝癖が可愛いなぁ」

「斑目さん。あの……」

「なんだ？　何惚《ほう》けてやがるんだ？　ったく、そんな顔してると、俺の暴れん棒が……」

坂下の方に手を伸ばした斑目だったが、診察室に入ってきたもう一人の人物に気づいて動きを止めた。出入口に立つ北原に目をやるなり、笑った顔が硬直する。

咥えタバコのまま顔をしかめてみせる斑目からは、「嫌な奴が来た」という感情が見て取れた。どうやら、曰《いわ》くつきの相手らしい……。

しかし、次に坂下が耳にしたのは、意外な言葉である。

「……龍」

斑目の口から漏れたのは、北原の下の名前だった。

「……あの人、なんか、いろんな意味で、意味深な人でしたよね」

ポツリと零《こぼ》された言葉が、坂下の心にぐっさりと深く突き刺さった。

あの後、斑目は「話がある」と言う北原とともに二人でどこかへ行ってしまった。いつもはフザけたことばかり言う斑目だが、北原の姿を見てからは、軽口を叩くことなく診療所を後にした。

いったい、どういう関係なのか。

やたらきれいで、謎めいていて、この街の男どもを圧倒してしまうほどの美貌《びぼう》を持つ人物だった。いや、見た目だけではない。北原が放つオーラや醸し出す雰囲気が、普通の人間とは違うのだ。男だとか女だとか、関係ない。

しかも斑目は、北原を下の名前で呼んだ。

それが、どういうことを意味するのか――。

男友達を下の名前で呼び合うなんてことは、別にめずらしくもない。だが、斑目が北原を下の名前で呼んだ時の微妙な表情、声の響き。言葉で説明をつけられない何かを感じたのだ。あれは明らかに、二人の間に何か深い繋がりがあったとしか思えない。

坂下は、診察ベッドに座った双葉が、じっと自分を見ているのを感じていた。街の連中も

興味を抱いているらしく、待合室からはオヤジどもの騒ぎ声が絶え間なく聞こえている。

『斑目の愛人登場ってか～？』

『ありゃあ、間違いなくただならぬ関係に決まっとる。鉄っちゃんの股間見ても、全然動じんかったもんなぁ』

『しかも、ご立派て言うたぞ。禁断の世界っちゅーやつや！』

『うほーっ。男やのに！』

『アレなら俺もチンチン突っ込めるかもしれん！』

ぎゃはははは……、と笑い声があがる。

「せ、先生。大丈夫っすか？」

恐る恐る聞いてくる双葉の態度が、逆に癇《かん》に障る。

「別に……。昔の知り合いが訪ねてきただけでしょう」

メガネの位置を正し、ファイルの整理を始めた。今やっておかなければ、次にいつできるかわからない。貧乏暇なしなのだ。斑目のことなど気にしている時間などない。

しばらく無言で作業をしていたが、いつまでも騒いでいる連中の声にイライラを抑えきれず、つい「静かにしてください！」と怒鳴りに行ってしまった。

八つ当たりだとわかっているだけに、診察室に戻ってきた時の双葉の視線が痛い。

「ねぇ、先生。あの人、斑目さんのなんなんっすかね？」

「知りませんよ。興味もないですし」

「素直じゃないなぁ」

見透かされているのが情けないが、今は素直に自分の不安を口にする気にはなれなかった。

あの男が斑目のなんなのか。

気になって仕方ないというのに、意地を張ってしまう。

「でも、あの龍って人、きれいっすよね。ゾッとする色気っつーか、きらびやかさでは先生完全に負けてるし」

容赦ない双葉の言葉にますます嫉妬心が湧き、いじけ心に火がついた。

「どうせ俺は貧乏臭いですよ、でも、張り合おうなんて思ってないですから」

「またまたぁ、そうやっていじける。先生、素材はいいんだからさ、もう少し髪の毛整えて、その薄汚れた白衣を新調してさ、目をちょっとトロンとさせて迫れば、斑目さんもあの人にフラついたりしないですって」

まだフラついたと決まったわけではない、と言いそうになり、坂下は喉まで出かかった言葉を呑み込んだ。これを言ったらおしまいだ。

「なんで俺がそんなことしなくちゃいけないんですか。それに、白衣を買い換えるお金なんてないですよ！」

「まーまー。怒らない怒らない」

宥《なだ》められ、子供じみた自分が嫌になる。

「ところでさぁ、健さん最近来てます？」

「……ああ、そう言えば全然見ないですね」

「やっぱ先生が男だって思い知らされて、懲りたんっすかね」

坂下を憧れのマドンナと混同して診療所に通いつめていた健さんは、あれから一度も顔を見せていなかった。ひと月以上毎日顔を見せに来ていた人物がぱったりと来なくなると、それはそれで少し寂しいものだ。目を覚ましてくれたのは嬉しいが、今頃元気にしているだろうかと考えてしまう。

「よかったっすね」

にこ、と笑う双葉に、坂下は毒気を抜かれてしまった。健さんの前で素っ裸にされてしまったことはまだ根に持っているが、結果的に坂下の望み通りになったのだ。強く突っぱねることもできず、ぐずぐずしていたところに終止符を打ってくれたのは、双葉たちだ。

坂下はファイルの整理をやめ、双葉の隣に腰を下ろした。そして、はぁ、と溜め息をつき、寝癖のついた前髪を手で弄ぶ。

負けだ。双葉の言う通りだ。

「……すみません。八つ当たりして」

「あれっ、いきなりどうしたんっすか？」

「まぁ、正直ちょっとムッとしたというか……。いろいろ反省してます」

自分の器の小ささを正直に告白すると「さぁ、どうぞ責めてくれ」とばかりに、双葉を横目で見た。面と向かって他人を罵るタイプではないが、耳に痛い忠告くらいは覚悟する。

「素直な先生って、可愛いっすね」

年下に可愛いなんて言われ、苦笑した。褒め言葉として言ってくれたのだろうが、今の坂下には自分の頼りなさを指摘されたようでもあった。

もっとしっかりしなければと思う。山浦親子の問題も、まだ解決していないのだ。自分から首を突っ込んだことだけに、ちゃんと最後まで関《かか》わらなければと思う。

ヒステリーなんて起こしている場合ではない。

「でも双葉さんって、不思議ですよね」

「え？」

「本当は、俺より年上なんじゃないですか？」

顔を近づけ、双葉の顔を凝視した。どう見ても坂下より年下だが、しっかりしすぎていて、疑いたくなる。

「な、なんっすか」

「だって、俺なんかよりずっと世間を知ってるし、考え方も大人だったりするし」

「そうでもないっすよ」

「本当ですか〜？　マグロ漁船にも乗ってたんでしょ？」

「まぁ、四年ほどですけど」

「四年も？　じゃあ、やっぱりサバ読んでるんじゃないですか？」

疑いの眼差しを向けると、双葉はわざと「どうですかね〜？」なんて言ってフザけてみせる。こういうところには子供っぽさもあり、やはり年下なのかと思ってしまう。

間違いないのは、双葉が自分なんかより世間を知っていて、思いやりのあるいい青年だということだ。他人の気持ちに敏感な双葉に、何度救われただろうか。

「ねー、双葉さん。いい加減、もったいぶらずに教えてくださいよ」

「今度ね〜」

「もう、そうやってすぐ誤魔化す」

「あははは……。だって謎があった方が魅力的でしょ。先生、斑目さんから俺に乗り換えないっすか？」

「何が『乗り換えない』ですか。べ、別に俺は斑目さんに乗ってなんか……」

「じゃあ、乗られてるんっすか！　俺も先生に乗っかりたい！」

「わ〜〜、ちょっと！　やめてくださいよ」

双葉は、襲いかかるふりをしてわざと坂下を押し倒し、無邪気に戯れる。

坂下は、しばらく双葉と二人でじゃれ合っていた。

その頃、斑目は北原と街を歩いていた。

道のところどころには、段ボールで作った簡易住宅があり、ホームレスたちの生活している音が聞こえてくる。ごそごそとした物音や鼾《いびき》、話し声。

どれも、すっかり馴染《なじ》んだ斑目の日常的な雑音だ。

「久し振りですね。斑目先生」

含みを持たせた言い方に、相変わらずな奴だと斑目は口許を緩めた。誘うように、そして他人の気を引くように、北原は言葉を紡ぐ。昔から変わらない。

「何しに来たんだ？」

「何しにって……冷たいなぁ。ずっと捜してたのに」

斑目が最後に北原を見たのは、何年前だろうか。斑目の記憶には、白衣を着た今より少し若い北原の姿があった。まだ、医者としてメスを握っていた頃のものだ。

北原とは、よく組んで手術をした。

手術は執刀医の腕も大事だが、チームワークがものを言う。第一助手、第二助手、麻酔医、看護師、人工心肺等の装置を扱う臨床工学技士にいたるまで、確かな技術と信頼がなければ、お互い足を引っ張ることにもなる。

北原は、誰よりも斑目の腕を発揮させるためのフォローができる男だった。

何も言わずとも、斑目が何をして欲しいのかわかっている。若いのに肝が据わっており、機転も利いた。あれだけのことができる医者を、斑目は他に知らない。

「研修医時代から、ずっとあなたに教わってきた俺ですよ？　そう簡単にあなたを諦《あきら》めるわけにはいきません」

北原がそう言うのも、無理はなかった。

神の手なんて言われていた時代に、同じ考えでメスを握っていた同志である。傲慢《ごうまん》で自分勝手で、斑目の技術は認めても反発する人間も多い中、北原は斑目がどんな人間だろうと非難したり意見したりしなかった。まさに心酔というにふさわしい気持ちを持ち、そして、とことんついてきた。

斑目の方も教えられる限りのことを教え、自分の分身を育てるかのように目をかけてきた。おかげで北原はメキメキと頭角を現し、他の研修医たちとは比べ物にならないくらい経験を積み、実績をあげていったのである。

北原を育てたのは自分だと思う。外科医としての技術もだが、医者としての姿勢も昔の斑目をよく反映している。今の斑目が軽蔑《けいべつ》する昔の自分をだ。

命の尊さなど歯牙《しが》にもかけず、ただ自分の技術を試し、どれだけ自分の腕が優れているかを感じるために医者を続けているようなものだ。

そして、スリリングな状況に酔いしれる。達成感は、人の命を救うことができたという喜びから来るものではなく、自分の優れた技術を実感することからでしか得られなかった。

「斑目先生。もう一度、俺と組みませんか？」

「組む？」

「ええ、俺と最高の心臓外科チームを作るんです。昔、果たし得なかった夢を、もう一度俺と一緒に……」

夢のようなことを言い出す北原を、斑目は鼻で嗤った。

「俺の腕はもう錆《さ》びてるよ」

咥えたタバコを指で挟み、煙を吐いた。だが、北原には通用しない。

「嘘ばっかり。そう簡単にあなたの腕が錆びるわけないでしょ」

「技術屋の腕はな、使わねぇとすぐに錆びちまうんだよ」

「そうですかね？　つい最近、あなたがこの街で手術をしたことがあるって、小耳に挟んだんですけど？」

数ヶ月前、坂下の祖母の心臓外科手術を行った時のことを言っているのだろう。あれを知られているとなると、他にも握っている可能性は高い。

「俺は、諦めませんよ」

チラリと北原を睨んだが、ずっと笑顔は絶やされていない。それは手術に限ったことではなく、プライベートに関してもそうだった。斑目とて、例外ではないだろう。

難しければ難しいほど、燃えるタイプだった。それは手術に限ったことではなく、プライ
拒めば拒むほど、北原が自分を手に入れようとすることはわかっている。

「あなたと組めるなら、闇医者として裏の世界で生きたっていいんですよ。あなたは、病院の煩《わずら》わしい人間関係にうんざりしてるでしょうから」

「馬鹿言え。そんなことができるか」

「やろうと思えばできます。あなたのように大胆で繊細なメスさばきをする医者は、いませんでしたよ。セックスもよかった」

ピクリと、斑目が反応した。

「忘れたわけじゃないでしょ？　何度も俺を抱いたくせに」

確かに抱いた。

羞恥心《しゅうちしん》の欠片《かけら》もなく、大胆に尻《しり》を差し出す北原は、あの頃の斑目にとって都合のいいセックスの道具だった。北原もそれを承知で躰を開いていた。心などなくとも、とりあえずは躰を繋いで欲を満たしたいと言われ、それが斑目の条件に一致した。

躰の相性がよかったのも否定しない。

最悪のコンビだったと、今でも思っている。

「坂下先生、でしたっけ？　あの人、すごくお人好《ひとよ》しって感じですよね。俺が一番嫌いなタイプ」

「診療所のことには構うな」

「あれ。そこが弱点ですか？　じゃあ、俺が聞いたあの話も、切り札になりそうだな」

昔は頼りになる助手だったが、今は違う。自分がなびかなければ、敵としてすべてを破壊するくらいの覚悟はしているだろう。この男の怖いところは、欲しい物はどんな手を使ってでも手に入れようとするところだ。その欲深さは、いっそ清々《すがすが》しいほどだ。

まるで無邪気な子供のように、欲しい物を欲しいと言い、ダダをこねる。子供と違うところは、それを手に入れる手段を持っているところだ。

頭のいい男だ。ずる賢さもある。

「もう来るな」

「いえ、また来ますよ。長期休暇を取ってるから、時間はあるんですよ。これでも今は若きエースって言われてるんですから、我儘《わがまま》言って貰っちゃいました」

「じゃあ、その若きエースって地位を守れ。何もすっかり腕が錆びた俺を求める必要はないだろ」

無駄だとわかっていても、今は拒絶するくらいのことしかできない。

「また来ます。あなたが俺の下へ帰ってくるまで、何度でも……」

北原はそう言い、ゆっくりと立ち去った。

嗅《か》いだことのあるトワレが、ほんのりと香った気がした。この街に漂う生活臭とはほど遠い匂いは、北原を抱いた時の記憶を呼び起こす。

厄介な男に見つかったもんだと思いながらも、自分がしてきたことの報いだと認めるしかなかった。

北原という謎の男が診療所にやってきたという噂は、あっという間に広がった。あの時、診療所にいなかった連中にも、しっかり伝わっている。

あの後、斑目は結局戻ってこなかったため詳しい話を聞くことはできず、謎は謎のままだ。やはり診療所に来るみんなが言うように、愛人という関係なのかもしれないと思いながらも、日々の忙しさに二人のことも忘れていることの方が多かった。

そんな坂下に、北原を強く意識させる出来事が起きたのは、夏の青空が眩《まぶ》しい午後のことである。

「次の方～」

悪化した水虫を診せに来た男の治療が終わると、坂下はすぐに次の患者を呼んだ。今日は朝からひっきりなしで、午後三時を回った今でも腹に入れたのはおにぎり一つで、空腹を感じる余裕もない。目眩がしそうなほど忙しい。

「今日はどうされ……」

「ふーん、こんな汚ねぇところで、診療所をやってんの？」

入ってきたのは、昌一だった。ズボンのポケットに両手を突っ込み、診察室の中をぐるりと眺める。咥えていたタバコは、床に放り投げてスリッパで消した。

なぜ、こんなところに来たんだと身構えながら、昌一が椅子に座るのをじっと見る。

「今日はどうしたんです？」

「ああ、親父に会ってきたついで。ほら、見ろよ」

ポケットから出された昌一の手には、三万円ほどが握られていた。くしゃくしゃになったそれは、日雇いで稼いだ金だろう。一日いくら稼げるのかはわからないが、山浦にとって大金であることは間違いない。

勝ち誇ったように笑ってみせる昌一を、無言で非難する。

「何、その目。あんたがなんと言おうと、俺は親父から絞れるだけ絞り取ってやるぜ。ガキの頃から、あのロクデナシに苦労させられてきたからな。そのぶん、きっちり払ってもらうよ」

当てつけにこんなことを言いに来るなんて、嫌われたものだ。

坂下は、自分のやり方が間違っていたのではないかと思い始めていた。もしかしたら、自分が昌一の機嫌を損ねたせいで、今まで以上に父親にたかっているのかもしれない。

「返してあげてください。山浦さん、このところ野宿してるんですよ」

「ああ、知ってるよ。だから探すのに手間取ってさ。あいつさ、携帯も持ってねーんだ。な、先生。あんた困ってる人を助けてくれるいい人なんだろ？　だったら、金が必要になった時にいつでも会えるように、親父の居場所を常にチェックしといてよ。聞きに来るからさ」

「俺がそんなことを引き受けると、思ってるんですか？」

「思うわけねーだろ、ばーか」

フザけた言い方に、坂下は溜め息を漏らしながら頭を掻《か》いた。子供のような挑発をして喜ぶ昌一は、厄介な相手だった。説得をする前に、まず真面目に話を聞かせることから始めなければならない。

言葉が見つからずに困っていると、診察室のドアの辺りでクスクスと笑う声がした。

「誰だ？」

昌一が振り返ると、そこには北原がいた。

いつから聞いていたのか、腕を組んで立っている。気配を感じさせずにスッと姿を現す北原の優雅さは、この部屋の空気を一瞬にして変えた。普段は生活臭を溢れさせるオヤジ連中が入れ替わり立ち替わり来るというのに、北原一人がそこに立っているだけで同じ場所とは思えなくなる。

「面白い子だね、君」

「あんた誰？」

「誰って……まぁ、ごく普通の医者だよ」

「医者？」

昌一が眉をひそめ、警戒心を露わにする。

医者と聞いて坂下が驚かなかったのは、なんとなくそんな感じがしていたからだ。斑目の昔の知り合いで、斑目を『先生』と呼ぶ相手と言えば、病院関係者と考えるのが自然だ。白衣を着ている姿が、容易に想像がつく。

「あんたも、この人みたいに俺に説教しようってわけ？」

「まさか」

北原はゆっくりと診察室の中まで入ってきて、昌一の隣に立った。やはり、いつ見ても凄みのある美しさで、ふてぶてしく構えた昌一も何も言えずにただじっと見上げている。

魔物にでも魅入られたかのようだ。

北原はそんな昌一の肩に手を置き、笑いかける。

「もっと絞り取ってやったらいいんだよ」

その口から出てきたのは、とんでもない言葉だった。初めて会った時は友好的な態度だったというのに、なぜこんなことを言い出すのか。

意図がわからず戸惑っていると、昌一がニヤリと笑う。

「あんた、話がわかる医者みてーだな」

「実は俺もね、父親に苦労させられたクチだから君の気持ちはわかるんだ。最低の父親を持つと、子供は本当に苦労するよね」

北原はそう言って、自分の父親がどれだけロクデナシだったのかを語り始めた。

酒浸りで、母親がいつも殴られていたこと。子供の頃は貧乏で、父親のせいで苦労ばかりしてきたこと。そんな父親と同じ血が流れてると思われるのが嫌で、必死で勉強したこと。高校に入る前に父親が行方《ゆくえ》不明になったことについては幸いと言い、母親が必死で稼いだ学費を酒代にされることもなく、高校に進学できたと説明した。

決していい思い出ではないはずだというのに、北原の語り口は愉しげだ。

世間を知らない坂下に世の中にはどんな酷い現実があるのかを見せつけ、考えの甘さを自覚しろと言わんばかりの態度である。

「それでね、奨学金で国立大学の医学部を卒業したんだよ。結構な苦労人だろう?」

見た目の優雅さからは、想像できない話だった。どちらかと言うと優福な家庭で育ち、両

NIPPON GINKO
10000

親の手厚い援助を受けて順風満帆に人生を歩んできたように見える。だが北原は、腕一つでのし上がってきたタイプだった。

苦労知らずに育ってきたのは自分の方だと、強く思わされる。

父親に出してもらった学費で医学部を卒業した坂下は、同じ医者でも自分とまるっきり違う道を歩んできた北原に、後ろめたさすら感じた。これまでも幾度となく、自分は苦労知らずの甘ちゃんだと思い知らされてきた坂下だが、今日ほどそのことに罪の意識を覚えたことはない。

きっと北原は、この街で診療所を続ける坂下を快く思っていないだろう。

それは直感だった。

「なるほど。じゃあ俺とあんたは同じ考えってことか」

「そうだよ。君がやってることは間違いじゃない。酷い父親に、復讐してやるといいよ。自分がしてきたことの報いは、ちゃんと受けさせなきゃ」

自分に賛同してくれる者が現れたからか、昌一はますます調子づいたようだった。次はもっと金をふんだくってやると言い、椅子から立ち上がる。

昌一がいなくなって北原と二人きりになると、坂下はどうしても怒りを隠せず、嚙み締めるように低く言った。

「……どうして、あんなことを言ったんです」

「だって、当然の権利でしょう?」

「当然の権利?」

北原はゆっくりと歩きながら、診察室の中を見て回った。

使い古された道具が並ぶ診察室。年代を感じるものばかりで、今が平成ではなく、昭和の時代だと言われても違和感がない。こうしてじっくりと見られると、そのお粗末さに自分の力不足を嗤われているような気がした。

この程度のことしかできないのかと……。

「俺はそれが正しいと思ったから、思った通りのことを言っただけですよ」

「父親から金を巻き上げることがですか?」

「ええ、そうですよ」

北原の笑顔は、どんな楯よりも強靭《きようじん》に思えた。この笑顔を向けられると、どんな言葉で非難しようがはね返されてしまう。

この男には、微笑一つで相手を黙らせる力があった。

「そんなことより、他にもっと知りたいことがあるんじゃないですか?」

誘うような目に、つい引き込まれてしまう。

それは、色っぽい意味ではなく、覗かない方が自分のためだというのに、どうしても覗かずにはいられないような心理にさせる邪悪さを帯びたものだ。このままだと、この男の思うツボだとわかっていても抗うことができない。

そこにどんな罠《わな》が仕掛けられていようが、足を前に踏み出さずにはいられない強い誘惑。

「俺と斑目先生の関係をですよ」

口許を緩め、美しい笑みを浮かべる男を、坂下は黙って見ていることしかできなかった。そんなことには興味がないと言ってやりたかったが、どうしても言葉が出ない。知りたいのだ。斑目と北原の間に、どんな関係があったのかを。

過ぎ去った日のことであろうと、関係ない。それを聞かずにいられないことが、自分の弱さだとわかっていても、どうしようもないのだ。

「研修医時代から、ずっとあの人の下で学んだんですよ」

「斑目さんの下で？」

「ええ、ずっとあの人の下で技術を学んだ。あなたも斑目先生の手術、見たことあるんでしょう？　あの人に育てられたんですよ、俺は。おかげで、随分鍛えられました」

つまり、師弟関係のようなものということだ。

斑目からそんな話は聞いたことがなく、自分が知らない斑目を知る北原に、醜い感情が芽生えるのを感じた。

医者だった頃の話自体、詳しくは聞かされていなかったとはいえ、まさか斑目にそんな相手がいるなんて思っていなかった。知りたいという欲求はさらに強くなり、坂下はどんどん深みへと嵌っていく。

今、坂下は、張り巡らされた蜘蛛《くも》の巣に足を取られた無力な昆虫と同じだった。もがけばもがくほど糸は絡まり、自由を奪われてしまう。

「神の手と言われた男に、仕込まれたんですよ」

その言葉に、思わずゴクリと唾を飲んだ。

「あの人が持つ技術のすべてを、見せてもらいました。さすがに追いつくことはできなかったけど、それでも近づくことはできた。俺はね、あの人の一番近いところまで行った医者なんですよ。それに、仕込まれたのは、外科医としての技術だけじゃあない」

ゆっくりとした口調は、まるで何かの呪文《じゅもん》のようだった。聞いているうちに、その魔力に取り憑《つ》かれてすべてを握られる。坂下は、完全に北原のペースに巻き込まれていた。

圧倒されたように押し黙って見ていると、北原は焦らすように少し間を置き、微笑を浮かべて坂下の顔をじっと見てからこう続ける。

「あっちもね、仕込まれたんです」

色っぽい流し目に、二人の関係が現実にあったものだと納得させられた。証拠などなくてもわかる。北原が言っていることは、事実だ。

プライドの高そうな北原が、嘘をついてまで、坂下にそんなことを吹聴するとも思えない。

「ほら。斑目先生ってすごいから……。手術の後なんて、興奮しちゃってもう大変。獣みたいにね」

クスクスと思い出し笑いをする北原は、まるで手を焼かせる子供のことを語っているようだった。坂下など、斑目の下ネタですら軽くあしらうことができずいつも本気で怒っているというのに、この男はあの斑目をやんちゃな子供のように扱うことができるのだ。

笑いながら自分に襲いかかる獣を上手く調教し、大人の遊びを愉しむ北原の姿を想像してしまい、抑えきれない不快な気持ちでいっぱいになる。

「隠さなくってもいいですよ。寝たんでしょ？　あなたのような素朴なタイプはあの人の周りにはいなかったから、新鮮だったのかも……。でも、あの人の過去を知っても、まだあの人のことを好きでいられるかな？」

「過去なんて関係ないです」

「じゃあ、三人で愉しみます？　俺はそういうのは大好きだし」

「そ、そんなこと……っ。俺は別に斑目さんのことはなんとも……」

「ほらまた嘘をつく。斑目先生だったら、俺たち二人を一度に相手にするくらい、平気ですよ。ね、二人で一緒に舐めてあげましょうよ。斑目先生のおっきなキャンディバー」

カッと頬が熱くなり、坂下は唇を嚙んだ。

何がキャンディバーだ。

恥ずかしげもなくそんなことを口にする北原に、ようやく我に返った。これ以上耳を傾けるのはやめろと、もう一人の自分が忠告する。

「出ていってください。そんな話をする時間なんて、俺にはありませんから」

「ああ、次の患者さんが待ってるんですね。すみません、一人でペラペラしゃべっちゃって」

意外にあっさりと退散する北原に拍子抜けするが、そう簡単に引き下がる相手でもなかった。北原は足を止めて振り返ると、極上の笑顔を坂下に披露する。

「俺ね、斑目先生を連れ戻しに来たんです」

それだけ言い残し、北原は診察室を出ていった。


その日の夜、坂下は食事もロクに取らないまま、診察室の机についてぼんやりとしていた。手には、斑目に貰ったホイッスルが握られている。

『俺ね、斑目先生を連れ戻しに来たんです』

聞かされた目的に、多少のショックを覚えていた。

医者に戻るつもりはないと言っていた斑目だが、心変わりしないとは限らない。斑目を信じていないわけではないが、やはりあれほどの腕を持っているのだ。斑目が昔の自分を反面教師にし、昔とは違う考えで医療に従事したいと思うかもしれない。もしそうなったら、坂下に止める手段はない。そんな権利も……。

坂下は、意味もなくホイッスルを手で弄んでいた。そして、これを渡された時の斑目の言葉を思い出す。

すぐに飛んできてやると言った。どうせでまかせだろう。ストーカーのように一日中貼《は》りついているわけでもないというのに、飛んでこられるはずがない。

なぜか腹が立ってきて、いい加減なことを言う斑目を責めてやろうと思いきり吹いてみる。

「おう、なんだ？」

「——わ！」

ぬっと顔を出した斑目に驚いて、坂下は椅子から転がり落ちそうになった。心臓がバクバクと音を立てていて、すぐに収まりそうにない。

「な、な、な、なんですかっ！」

「今、呼んだだろうが。飛んできてやったぞ」

闇に響き渡るホイッスルの音が完全に消える前に姿を現すなんて、いったいどういうフットワークをしているのか——。

偶然だろうが、こんなタイミングで診療所に来るなんて……、と坂下は驚きを隠せなかった。やはり斑目はただ者ではない。凡人とそうでない人間との差というものが、こういうところにも出るのだ。

特別な人間がオーラを放つように、偶然という味方をつけてカリスマ性を高めてしまう。

「なんかまた落ち込んでんのかー？」

窓から身を乗り出した斑目に鼻をギュッとつままれ、坂下はもがいた。

「痛いっ、ちょっと、やめてくださいよっ」

「先生の鼻は、つまみ甲斐《がい》があるな」

「放してくださいって！」

「山浦の息子の件、どうなった？」

斑目はひとしきり坂下の鼻で遊ぶと手を放し、おもむろに窓を飛び越えて診察室の中に侵入してくる。

「……ああ、ダメです。予想通りの展開というか」

「わかっててもまずやってみるところが、あんたの長所だろうが」

いつもなら、斑目のこんな言葉に心が温かくなるのだが、今日は違った。北原の顔が脳裏をよぎり、不機嫌な顔を晒《さら》してしまう。顔に出すなと自分に言い聞かせても、どうにもならない。斑目も気づいているようで、すっかりご機嫌斜めの坂下を見てクスッと笑う。

「気になるのか？」

「……え？」

「龍のことだよ」

ドキリとした。

深い意味はないのかもしれないが、北原から二人の関係を聞かされただけに、あまりにも自然に『龍』と下の名前で呼ぶ斑目に二人の濃密な時間を想像してしまう。そして、三人でやってもいいと言われたことを思い出し、さらにイライラは増した。

どこぞのゲイ向け官能小説でもあるまいし、男が三人で愉しむなんて冗談じゃない。

「別に気になってませんよ」

ふん、と椅子を反転させて斑目に背中を向けた。ずれたメガネを指で押し上げて、カルテを見るふりをする。

「お。先生、嫉妬かぁ?」

「何が嫉妬ですか。気にしてないって言ってるでしょう」

「先生が嫉妬してくれるなんて、嬉しいねぇ。股間が疼いてきやがった」

「……っ! ちょっと、出さないでくださいよ!」

机のすぐ側に立ち、ズボンのファスナーを下ろそうとする斑目を見て、坂下は慌てて立ち上がった。

「遠慮するな」

「してませんって! あなたにはつき合ってられません!」

診察室を出ていこうとしたが、後ろから抱きつかれて動きを封じられてしまう。長いリーチと逞しい斑目の胸板に包まれ、自分の中に眠る淫蕩な血が、ふつりとたぎるのを感じた。

「放してください！」

「龍とはどんな話をしたんだ？　あいつはいい性格してるからな、先生の感情を揺さぶるなんて朝飯前だ」

「斑目さんには関係ないでしょう！」

「俺のおっきなキャンディバーの話はしたか？」

「——っ！」

「図星か」

ククッ、と耳元で笑う斑目は、男っぽい色気を溢れさせていた。

匂い立つというにふさわしい、隠しようのない色香。夏草が灼熱《しやくねつ》の太陽に照らされ、噎《む》せ返るような強い芳香を辺りに漂わせるように、斑目もまた、牡《おす》のフェロモンを振りまいていた。

同じ男だというのに、どうしようもなく魅《ひ》かれてしまうのは、なぜなのか。

躰が熱くなっていき、その魅力に虜にされる。抗う術《すべ》など、今の坂下にはない。

「あいつは他人を煽《あお》るのが得意だからな。耳を傾けるな。先生みたいな純情なのに、太刀打《たちう》ちできるような相手じゃない」

斑目は坂下の白衣の中に手を忍ばせてきて、シャツの上から躰をまさぐった。それはいやらしく下へと移動し、スラックスの上から太股《ふともも》の内側を撫でる。

「俺のキャンディバーは、先生だけのもんだよ」

耳元で聞かされるしゃがれ声に、坂下はぞくりとした。

「しゃぶるのも、あそこに挿《い》れて遊ぶのも、先生の自由だ」

尻の辺りに、斑目の屹立を感じる。

おっきなおっきなキャンディバー。

北原の声とともに、逞しく育った斑目を連想してしまい、そんな想像をしてしまう自分に顔を赤くした。破廉恥《はれんち》な妄想に取り憑かれ、発情している自分が恥ずかしい。

「ちょ……っ、さ、触らないで、……くださ……っ」

「まだ怒ってんのか？　許してくれよ。昔のことだ」

「怒ってなんか……っ、……ぁ……っ」

「じゃあ、なんでツンツンしてるんだ？　怒ってんだろう？」

「それは……っ」

躰をまさぐる斑目の手は、器用にシャツのボタンを外していく。肌が外気に触れると、ますます体温は上がっていき、欲深いもう一人の自分がもっと触って欲しいとねだり始める。

耳朶を唇で優しく噛まれ、ぞくぞくと背中を甘い戦慄《せんりつ》が走った。

「……ぁ……っ」

「先生」

「……ぅ……、……っく」

「な、先生。謝るから、許してくれよ。先生に冷たくされると、辛いんだ」

耳元で囁かれる声に、坂下は躰から力が抜けていくのを感じた。

ほだされる。

甘えた声で「許してくれ」なんて、いったいどこのヒモなんだと言いたくなる。女の機嫌を窺い、ベッドでは尽くし、言葉とテクニックを駆使して相手を悦ばせるジゴロと同じだ。

だが、主導権を握っているのは、男の方である。

与えられる甘い蜜の味が忘れられず、つい許してしまうのだ。男を手放したくなくて、怒っているふりをして気を引き、自分だけを愛していると言わせる。もうやめなければと思っていても、骨の髄までしゃぶられても、なお深みへと嵌ってしまう。

まるで麻薬だ。

坂下は、自分が斑目という男の魅力に取り憑かれてしまっていることを実感していた。

もう、どうでもいい。

今は何も考えず、斑目が与えてくれる愉悦を貪るだけの存在でいたい。

そんな坂下を見抜いているかのように、斑目はシャツをそっとめくって肩を剥き出しにさせると、そこに口づけた。そしてズボンのファスナーを下ろして前をくつろげる。

あられもない自分の格好に、坂下の気持ちはますます高まるばかりだ。

「はぁ……っ」

器用な指は坂下の中心をやんわりと握り、すでに滴《しずく》を滴らせて張りつめるそれをさらに育てていった。敏感なくびれの部分を優しく擦られるたびに坂下は声にならない声をあげ、躰を震わせる。

甘美な毒はすぐに躰じゅうを巡り、あっという間に獲物を麻痺《まひ》させる。

「ん……っ、……ぁ……」

膝から力が抜けていき、坂下は床に座り込んでしまった。すると斑目もそれを追うように床に膝をついて唇を耳朶に当てる。

「ここで、しようか？」

「……っ」

「な、先生。機嫌直してくれよ……」

斑目の唇がうなじを這い、背中を優しく愛撫した。唇が軽く触れるたびに敏感になった肌は素直に応え、躰が小さく跳ねる。

声を漏らすまいと唇を噛むが、斑目のテクニックにかかれば坂下の理性などいとも簡単に崩れてしまい、あっけなく白状してしまう。

鼻にかかった甘い声が、静まり返った診察室に漏れ始めた。

「ぁ……っ、あ、……は……っ」

「俺が愛してるのは、先生だけだよ」

「斑目、さ……」

「こんなに愛してるってのに、先生は冷たいな」

堪えきれず、坂下はとうとう自分の本音を覗かせてしまっていた。

「でも……っ、斑目、さんを……連れ戻しに、来たって……っ」

「だから、怒ってたのか?」

「別に……怒って、なんか……」

「俺はどこにも行かねぇよ。ここが気に入ってんだ。行くわけねぇだろうが」

嘘だ、と拗《す》ねた女のように心の中で反論するが、そんなことを考える余裕すらも次第に失われていく。その無骨さからは想像できない優しさで、斑目の指は胸の突起をいじり、坂下を骨抜きにした。

「——ぁ……っ」

「先生のここ、前に比べて随分と敏感になったな」

「……っ、……や……、……っく」

斑目は自分の言葉を証明するかのように、それを軽くつまんでは放し、指の腹でツンと立つけられる。

ち上がった先端をそっと撫でた。あまりの快感に鳥肌が立ち、腰が砕けたようになる。十分に火を放たれると、躰を反転させられて今度は真正面から男の魅力というものを見せつけられる。

「な、先生。好きにしていいんだぞ」

ゆっくりとファスナーを下ろす音に、頬が染まった。それを取り出す仕種に羞恥を覚えるが、逃げ出す理性は残っていない。

「どうしたい？　先生のおもちゃにしていいんだぞ。いじって遊んでもいい。後ろのお口に咥えてもな……」

握らされた斑目の屹立は、相変わらず隆々としていた。わざと品のない言い方をする斑目に腹立たしさを覚えつつも、浅ましく欲しがる自分がいるのも事実。

つい視線が下に行き、逞しく変化した斑目を直視してしまった。恥ずかしげもなく勃起したものをさらけ出し、自分に襲いかかってくる男の魅力には、とても抗えない。

手の中で力強く脈動するそれに発情を促され、心を蕩かされた。自分がどんなにはしたなく、どんなに浅ましいのか、思い知らされる瞬間だ。

これで、存分に責められたい。

「どうだ？　欲しくなってきたか？」

心の中を見透かしたような斑目の笑みに、観念するしかなかった。

「……先生」

ゆっくりとメガネを外され、半ば夢心地《ゆめごこち》で目を閉じて斑目の唇が重ねられるのを待った。

「――ん」

始めは軽く、ついばむように戯れていたが、すぐに舌が侵入してきて濃厚なものに変わる。

「んぁ……、ぁ……ふ」

坂下は、自分から斑目の首に腕を回して口づけを求めていた。

縦横無尽に自分の口内を舐め回す斑目の男らしいキスに酔いしれる。自らも求め、ねだり、鼻にかかった声をあげて甘えるように縋《すが》った。

「あっ、……ぅん、……ん、んんっ、……ふ、……んぁ」

自分を止められそうになかった。ひとたび淫らな気持ちになってしまうと、もっとはしたないことをして欲しいなどと、普段なら考えないようなことで頭がいっぱいになる。

この先に待っているものに、期待せずにはいられない。

「ほら、先生」

促され、跪《ひざまず》いた斑目の脚を跨《また》ぐような格好で膝立ちになった。斑目は両手で尻を摑んで揉みほぐすと、いつの間に用意したのか、ジェルを塗った指を坂下の双丘の谷間に這わせて奥を探っていく。

「――ぁ……っ！」

それが蕾《つぼみ》に触れた時、ジェルの冷たさに思わず声をあげた。斑目がクスリと笑うのがわかり、恥ずかしさに頬を染めるが、今さら取り繕うこともできなかった。

「はぁっ、――ぁ……っ、……斑目さ……、斑目さん……っ」

指が、坂下を狂わせる。

器用で、意地悪で、いやらしい指だ。貞淑な硬さで侵入を拒もうとする蕾は、すぐに柔らかくほころんで、はしたなく男を喰いたがるそれに変わった。

肉壁はヒクヒクと淫らな収縮を繰り返しながら、欲しい、欲しいと、訴える。

「いい具合にほぐれてきたぞ」

膝立ちのまま後ろを嬲られる恥ずかしさと、抑えきれぬ己の欲望の狭間《はざま》で、坂下は翻弄されていた。濡れた音が微かに、だが絶え間なく聞こえ、この行為をいっそう卑猥《ひわい》なものにする。

ジェルが内股《うちまた》を撫でるように伝い、床まで滴り落ちた。

「な、先生。挿れていいか？」

「……、……斑目さん……」

「ここに、俺のが欲しいか？」

「……欲し……、……」

自分の腕を摑んでゆっくりと立ち上がる斑目に促され、坂下もそれに倣った。だが、脚に上手く力が入らず、ほとんどしがみつくような格好で斑目と向かい合う。

「斑目さん……っ」

「先生、焦るなよ」

苦笑する斑目は、たまらなく魅力的だった。

待ちきれず、急《せ》いてしまう自分を宥める男の余裕に気持ちがいっそう高ぶり、とめどなく溢れる欲望にジリジリと身を焦がされる。

「ほら、脚を上げろ。このまま、先生に突き刺してやる」

からかうような口調だが、坂下はそれを強く望んでいた。

猛々《たけだけ》しくそそり勃ったそれで突き刺して欲しいのだ。そして、苛《さいな》んで欲しい。はしたなく男を欲しがる躰を、攻め立てて欲しい。

「んぁ……っ、――ぁ……っく」

斑目の先端が蕾をこじ開けて侵入してくると、坂下は苦痛の声を漏らした。斑目の太さに目眩すら覚える。こんなものを自分の中に受け入れているという事実を噛み締めながら、同じ男に征服される悦びといったらなかった。

「この、体勢じゃ、辛いか?」

「……いえ、……っ、いえ……、……だから…………早、く……」

苦しいのに、それでも欲しかった。もっと奥まで来て欲しいのだ。自分の欲望を抑えられない。

「そんなに可愛いくねだるなんて、愚息が破裂しそうだ」

「——ぁああ……っ！」

自分を引き裂く熱に、坂下は歓喜の声をあげた。壊れそうなくらい中をいっぱいにされ、無意識のうちに斑目の首に回した腕に力を入れてしまう。それでも十分ではないとでもいうのか、中で斑目がズクリといっそう大きくなったのを感じた。

「あっ」

膝に力が入らず座り込みそうになるが、支えられ、爪先立ちになる。

「どうだ？　俺のキャンディバーは」

また、からかうような声が坂下を煽った。

普段ならあからさますぎる斑目の言葉に腹を立てるが、こうなるとどんな卑猥な言葉も気持ちを高ぶらせる囁きでしかない。揶揄されるほどに、己の浅ましさを思い知らされて淫らな気分になる。

「はっ、……ぁ、……はぁ……っ、……ぁあ……ん」

「おっきいのが、欲しかったんだろう？」

「——ぁ……っ！」

抱え上げられ、ズ……、とさらに深々と呑み込まされ、斑目にしがみついたまま、切れ切れの声を漏らした。

「あぁ、……っく、……あっ！」

　これ以上深いところに収められたら、死んでしまう。

　そんな思いに囚《とら》われるが、男一人を軽々と抱え上げる斑目に抵抗できるはずもなく、されるがまま、さらに深く貫かれる。

「どうだ、先生」

「はぁ……っ、……っく、……ん」

「どう、だと、聞いてるんだ」

「……イイ、です。……すご……い」

「先生のものだぞ」

　恍惚《こうこつ》感に我を失っていた。

　先生のものだぞ――そんなふうに言われて、満足している自分がいる。独占欲を満たされながら、後ろで男を味わう自分がいるなんて認めたくないが、どんなに目を逸らそうが、事実は一つだけだ。

　斑目をもっと味わいたくて仕方がない。

「斑、目……さ……」

「先生を、診察してやろうか？」

「――ぁ……っ、……はぁ……っ」

「今日は俺がお医者さんだ」

言いながら、ゆっくりと移動した斑目は、診察ベッドの上に坂下を下ろした。そして、坂下の左脚を肩に担ぎ上げ、躰を小さく折り畳むようにして奥を探る。

「ここはどうだ？」

「ぁあ……っ、ぁ……あ、……っく、……んぁあ」

わざと腰をゆっくり動かして中を探る斑目に、坂下は前後不覚に陥ってしまう。

あまりの快楽に、そんなにいやらしく突き立てないでくれと涙目で訴えるが、それは逆効果でしかなかった。獣と化した男は、声にならない声をあげながらかぶりを振る獲物を、じっくりと料理していく。

やんわりと、だが、確実に弱いところを同じリズムで突くやり方は、坂下の奥に潜む貪欲な獣の素顔を表に引きずり出した。こんなにも激しく疼かされているというのに、イかせてもらえないことも、うねるような悦楽の波をいっそう高々と翻させる原因でもある。

ギリギリまで追いつめられたまま、あと一歩を与えられずに身を焦がすような思いに悶えるばかりだ。

「こっちもだろう？」

「はっ、ぁあっ　あっ、――斑目さ……っ、……斑、目……さ……っ」

「ここは、どうだ？」

られ続けた。

いつの間にか、頭の中ではずっとその繰り返しで、坂下は声が嗄《か》れるまで斑目の下で攻め

もっとして。もっと。もっと。……もっと。

「……はっ、……ん、……ぁあ……ん、……んぁ」

「先生、可愛いぞ」

「や……ぁ……、やぁ……っ、」

熱く交わった後の余韻がまだ残る部屋に、紫煙がゆるりと広がった。安らかな寝息を立てる坂下の隣で、斑目は全裸のまま布団に横たわり、一服を味わっている。

あの後、斑目は診察室で坂下が泣きながら白濁を放つまで突き上げ、自分も欲望の証《あかし》を解き放った。だが、それだけでは足りずに二階に運び、布団の中でもう一度時間をかけて深く愛し合った。

疲れている時の坂下の感度はよく、奥を優しく突いてやるたびに、普段からは想像もできないような艶《なま》めかしい嬌声をあげた。斑目が我を忘れるほどの興奮を覚える相手は、坂下だ

けだ。

タバコを口に運び、子供のような顔で眠る男に目をやる。

しばらくは穏やかな目で坂下を見下ろしていたが、幸せな時間は長くは続かず、斑目の顔は急に険しく曇る。

(龍の奴め……)

自分にまとわりつく過去に、舌打ちしたい気分だ。

北原が嗅ぎつけたのは、この診療所の存続を左右しかねないことだった。

坂下がこれまでにヤクザ相手に二度行った手術。通報する義務を怠り、代わりに高額の報酬を得た。斑目が坂下の祖母の手術をした時とは違い、金が絡んでいる。その動きを調べていけば、事実だと証明されるだろう。

しかも北原は、ビップ扱いの患者を扱うほどの腕を持っている。もちろん人脈も……。

つまり、この診療所をつぶそうと思えば、いくらでも手はあるということだ。自分はどんな目に遭おうが構わないが、坂下が大事にしているものを壊すわけにはいかない。

(本当に、厄介な男に見つかったもんだよ)

北原の条件を呑まなければ、いずれ何か行動を起こすだろう。

早く手を打たねばと思うが、自分が育ててきた男は医者としての腕だけでなく、あらゆる画策をする頭脳も持ち合わせている。慎重にコトを運ばないと、何に足元を掬《すく》われるかわからない。

斑目は険しい顔をしたまま、タバコを根本まで灰にした。


悩める人というのは自然に俯き加減になり、背中を丸めてしまうものである。坂下も例外ではなく、前のめり気味で診察室の椅子に座っていた。

（また、流されてしまった……）

なぜ自分はこうも快楽に弱いのかと、自己嫌悪に陥ってしまう。なんとなくお天道様に顔向けができず、朝からずっとこの調子だ。特に昨夜は、自分でも信じられないような言葉で斑目を求めた。

北原のキャンディバー発言が、効いたのかもしれない。

『おっきいのが、欲しかったんだろう?』

ああ言われた時、確かに坂下の中には娼婦《しょうふ》のように男を喰いたがるもう一人の自分が顔を覗かせた。これは自分だけのものだと思いながら、快楽を貪る獣となった。

あの時の気持ちは紛れもなく本物だったと思うと、何喰わぬ顔で診察をしていることにすら後ろめたさを感じてしまう。本当は街の連中はみんな知っていて、黙っていてやることが暗黙の了解になっているのではないかとすら思った。

知らぬが仏。

その言葉は今の自分のためにある気がして、待合室の連中のちょっとした言動に敏感になってしまうのである。

そんな坂下の下を相談事があると言って山浦が訪れたのは、午後になってようやくいつもの調子を取り戻してきた頃だった。

「臓器提供意思表示カード？」

真剣な顔で訴える山浦に、正直なところ驚きを隠せなかった。

「提供できんのやろ？　どこで手続きしたらええんや？」

「コンビニなんかに置いてありますけど……。でも、いきなりどうしたんですか？　ボランティア精神に目覚めたとか？」

「まぁ、いろいろ考えてな。父親やし、昌一にもええとこ見せんとな」

「社会貢献できるんですから、いいことですよ。黄色いカードなんですけどね。なんなら、貰ってきてあげましょうか？」

「ほんまか？　じゃあ頼むわ、先生」

思いがけない山浦の言葉に、坂下は顔をほころばせた。

昌一に対して誇れる人間になろうというのなら、大歓迎だ。金を渡すだけでは、息子のためにならないとわかってくれたのなら、うるさく口出ししてよかったと思う。

やはり、ちゃんと話をすればわかってくれるのだ。

なぜ急にそんな心境になったのかはわからないが、自分の声が届いたことが嬉しく、照れ臭そうに笑う山浦を見て自然と心が弾む。

「じゃあ今夜にでも貰ってきますので、いつでも取りに来てくださいね」

坂下は、顔が緩んでしまうのをどうすることもできなかった。まるでプロポーズに成功した男のように、いつまでもニヤニヤと締まりのない顔を晒してしまう。

しかし、次に山浦が口にしたのは、とんでもない言葉だった。

「これで臓器売れるな。カード手に入れたら、次は何したらええんや?」

「え?」

坂下は、自分の耳を疑った。

「売る?」

「せや。腎臓は二個あるっちゅーやないか。それ売ったら金になるて聞いたで? せやから、臓器提供意思表示カードがいるんやろ?」

「それ、誰に聞いたんですか?」

「誰って、昌一や。あいつは頭ええからな、俺が知らんことまで知っちょる」

自慢げに息子のことを語る山浦に、心が急激に冷めていく。

山浦が、冗談で言っているとは思えなかった。

この男は、息子のために本気で臓器を売ろうと思っているのだ。おもちゃが欲しいという子供に無尽蔵に与えてしまう親のように、与えることで愛情を示そうとしている。そして、罪を償おうとしている。

そんなことをしても、少しも親子関係が修復されるわけではないというのに、なぜそれがわからないのか。

「まさか、腎臓を売ったお金を息子さんに渡すつもりですか？」

「それがどうしたんや？」

「臓器提供意思表示カードを手に入れても、臓器は売買できませんよ。あれは自分が死んだ後に、臓器を無償で提供するという意思を示すための物ですから」

「無償？　んなわけないやろ。金が手に入るて聞いたぞ」

「日本じゃ、臓器の売買は認められてません。違法行為ですよ」

「そんなはずない。昌一が聞いてきたんやぞ。臓器売れるってな！」

ほんの今まで嬉しそうに話をしていた山浦が気色ばみ、顔を真っ赤にしながら立ち上がるのを、悲しい思いで見ていた。

胸がえぐられそうだ。

なぜこの男は、自分の躰の一部を売れと言う息子の要求をこんなに素直に呑むことができるのだろうか。

たとえ償いの気持ちからだとしても、そんな形でしか愛情を示すことができない山浦が悲しくて、二人の親子関係が切なくてたまらない。

「残念ですが、何度言われても事実は事実なんですよ。臓器を売ることはできません」

「んなわけあるか！　ニュースで生きとる人間の腎臓移植が成功したっちゅー話も聞くやないか！」

「あれは無償だからですよ！　お金を貰って腎臓を提供するなんて、できるわけないじゃないですか！」

「……嘘やな」

山浦の口調が、急に冷めたものになった。そして、信用をしていない者の目で見下ろされる。

この街に来たばかりの頃、よくこんな目をされた。自分たちに有利な条件で診察をすると言っても、外からやってきた人間を信用せずに冷めた目を向けるばかりだった。

どんな言葉も通じない。他人の話を聞こうとはしない。

拒絶が壁となり、近づこうとしても近づけないのだ。山浦が遠くに感じる。

「もうええ。先生には失望したわ」

山浦はハッと鼻で嗤うと、診察室を出ていこうとした。

「待ってください！」

立ち去ろうとする山浦を呼び止めるが、背中をこちらに向けたまま「もう話しかけるな」とばかりに、煩わしそうに手を振るだけである。

「どうするつもりなんですか。どこの病院に行っても無駄ですよ。臓器は売れないんですよ！」

何をしても無駄だとわからせたくて、坂下は何度も訴えた。すると山浦は振り返り、あたかもそれが坂下の妨害のせいだと言わんばかりに憎しみを露わにする。

「あの北原っちゅー先生に聞くわ。あっちは大学病院で働いとる先生言うてたし、斑目の知り合いやしな。あの先生の方が頼りになる。こんな小さな診療所の医者に聞いたのが間違いやった」

北原を引き合いにされ、頭に血が上る。

「そんなことはさせません！」

「放さんかい！」

暴れる山浦に自分の話を聞かせようとして、二人は軽い揉み合いになった。

「とにかく、俺の話を聞いてください！」

「なんもわからんクソ医者がっ！　街から出ていけ！」

思いきり突き飛ばされ、坂下の躰は診察ベッドのところまで弾《はじ》き飛ばされた。派手な音を立てて器具が辺りに散乱するが、山浦は少しも気にしちゃいない。唾を吐きかけんばかりの勢いで坂下を睨みつけると、黙って診察室を後にする。

残された坂下は、床に尻もちをついたまましばらく放心していた。あまりに突拍子もないことを言い出した上、こんなふうに激しい敵意をぶつけられて混乱してしまっている。

何事かと待合室にいた連中が何人か覗きにきたが、坂下は「なんでもない」と言って診察を続けることにした。しかし、山浦のことは頭から離れず、ずっとそのことがチラついていた。

臓器を売るだなんて、普通の発想じゃない。北原が昌一に入れ知恵をしたに違いない。

怒りでどうにかなりそうだった。

とんでもないことをしてくれたものだと、怒りで手が震えた。殴ってやりたかった。そして、斑目の知り合いだというだけで、つき合いの長い自分よりも北原を信用すると言った山浦の言葉に傷ついてもいた。口うるさいことばかり言い、山浦が息子と和解できる手段だと信じて疑わないやり方を真っ向から否定しているとはいえ、こうもあっさり拒絶されるとは思っていなかった。

一刻も早く北原に会って、抗議してやらねば気が済まない。

しかし、そうするまでもなく、診療所が終わる時間を狙《ねら》ったように北原はやってきたのだった。

「こんにちは。斑目先生、来てます?」

何喰わぬ顔でやってきた男を見て頭に血が上った坂下は、摑みかからんばかりの勢いで迫った。怒りで手が震えている。

「あなたが、昌一君に入れ知恵をしたんですね?」

「ああ、臓器売買のことですか?」

シラを切るどころか少しも悪びれず、北原は「ふふん」と笑みを零してみせた。堂々とした態度とその美貌に、自分の方が正しいと信じていても、足元からぐらつきそうになる。自信をも崩してしまう北原の態度。

坂下が太刀打ちできるような相手ではない。

「なぜ、そんなことを吹き込んだんです?」

「なぜって……それがいいと思ったからですよ。昌一君の心に平穏を呼ぶには、そうすることがいいと思いませんか? 俺は彼の魂を救いたいんですよ」

「あなたは、とんでもない人でなしだ」

思いきり罵倒《ばとう》してやったつもりだった。軽蔑の念を籠めて言ってやったつもりだった。だが、北原にとってそんな言葉は、つゆほども気にならないのだろう。

坂下の苦言は、手で払うほどの煩わしさすらない。

それどころか、一人熱くなる男を見て楽しんでいるところさえ窺える。

「噂には聞いてましたけど、あなたって、本当に世間知らずの甘ちゃんですね」

「ええ、確かにそうでしょうね。でも、やっていいことと悪いことくらいわかります」

「ふうん。でも、あなたの忠告は届かなかったんでしょう?」

言い返すことができなかった。

医者として、いや、人として間違ったことをしているのは北原だとわかっていても反論の言葉が出てこないのだ。失われていく自信が、坂下から言葉を奪う。

「結局、その程度ってことですよ」

嗤われ、奥歯をギリ、と嚙む。

悔しかった。何も言い返せない自分が情けなかった。

ここに来て一年以上が経つ。自分なりに、この街の連中とは信頼関係を築いたつもりだった。山浦も例外ではない。

それなのに、こんな時に自分が本当の信頼をまだ手にしていないと思い知らされるのだ。

「大丈夫ですよ。臓器を売る気なら、俺が責任を持って信頼できる筋を紹介しますから」

「――っ!」

坂下は、思わず北原の胸倉を摑んだ。薄笑いを浮かべながら自分を見ている男に、どうしようもない憤りを覚える。

「あなたって人は……っ」

「俺を軽蔑します？」

「当たり前でしょう！」

「そう。でも、あなたは本当の憎しみがどういうものか、わかってない」

「……っ」

「心を焼かれるほどの強い憎しみ。いや、そんな言葉では言い表せないな。その人が生きているだけで、怒りで我を忘れそうになるんですよ。怒りなんてものじゃない。そいつにされたことを思い出すと、自分の躰ごと心に深く刻まれた記憶を引き裂いてしまいたくなる。でも消えないんです。絶対にね。そして誰にも理解してもらえない。共有なんてできない。たった一人で、一生抱えて生きていくんです」

穏やかな笑みを浮かべてはいるが、北原の瞳《ひとみ》に宿る光は冷たかった。

ゆっくりと紡がれる言葉は、まるで少しずつ打ち込まれていく五寸釘《ごすんくぎ》のように坂下の心の奥へと深く突き刺さっていき、血を流す。

一打一打の重みもさることながら、心を貫くその鋭さ、大きさに身動きが取れない。

「俺はね、実の父親を見つけたら、じっくりと時間をかけて嬲り殺しにしてやりたいと思ってますよ。あいつが泣いて許しを乞う姿が見たいな……。無様に涙を流す顔に、焼き鏝《ごて》を押しつけてやっても足りない。それこそ拷問にかけて、できる限りの苦しみを与えて、自分がしてきたことを後悔させながら殺したい。こんな感情を抱えて生きていかなきゃならない人間の気持ちが、わかりますか？」

坂下は、北原の胸倉を掴んだ手からゆっくりと力を抜いた。自分には到底理解のできない感情を淡々と話して聞かせる北原に、圧倒されていた。

坂下は知らないが、そういう感情は確かに存在するのだろう。それがどういうものかわかりもしないのに、果たして北原が昌一にさせようとしていることを止める権利があるのかと、そんな弱気なことまで考えてしまう。

あまりに途方もない、憎悪。

それを抱えて生きていかなければならない人間の気持ちを、どうやって理解しろというのだろう。

「わからないんなら、黙っておくことです。無駄に他人の感情を逆撫でするだけですから」

そう言い残し、北原は診察室を出ていった。追いかけて反論することもできず、ただじっと佇《たたず》むことしかできない。

坂下には、何が正しいのかすらもわからなくなっていた。

その日の夜、坂下は山浦や北原のことをずっと考えていた。何も手につかず、ただじっとしていることしかできない。時計の秒針が時を刻む音を聞きながら診察ベッドに座り、床の汚れをじっと見ている。

心ここにあらずで、坂下の頭の中には昔読んだことのある翻訳小説にあった外国の小さな村の様子が広がっていた。

つつましく生きる村人と、小さな教会に住むカトリック神父の話だった。大きな変化はないが、穏やかな日々が延々と続くような日常。

そんな村にある日、プロテスタントの牧師が流れついてくる。旅の途中、森で動物に襲われた牧師はケガを負っていたため、しばらく教会に住まわせ、面倒を見ることになった。

違う宗派とはいえ、ケガをした人間を放ってはおけない。

牧師は助けてくれた礼だと言い、村の行事などに参加するが、そこから少しずつ話は不穏な空気を見せ始める。

同じキリスト教でも、違う宗派の二人。

牧師は、村人たちにカトリックとは少し違う自分の宗派の考えがどんなものかを教え、少しずつ信頼を得ていく。自分よりも経験が多く、旅を通じてさまざまなものを見てきた牧師は、村人の心をいとも簡単に摑んだ。

そして、ある村人が自分の知らないところで牧師に相談事を持ちかけているところを偶然見てしまった時から、神父の地獄は始まる。

神父は牧師に対し、キリスト教では七つの大罪のうちの一つとされる『嫉妬』という感情を抱いてしまうのである。

自分が今、あの神父と同じ気持ちだということに坂下は気づいていた。

ここに来て、一年以上だ。

始めのうちは、特別診療なんて都合のいいことを言って治療を始める坂下に警戒心を剝き出しにし、寄りつこうとしなかった。乱暴者たちは、機嫌が悪いと拳を振り上げることすらしたが、そんなことを積み重ねていくうちに心を開いてくれた。

それなのに、山浦はここに来てからまだ十日ほどしか経っていない北原を頼ると言う。よそ者に対する警戒心の強いこの街の人間を信用させたのだ、北原は……。

そう思うと、北原に対する怒りは本当に山浦を思ってのことではなく、この街の人間に信頼されたいというエゴゆえなのかもしれないなんて疑念を抱いてしまう。

それから、どのくらい経っただろうか。

コト、と音がしたかと思うと、診察室のドアが開いた。

ゆっくりと顔を上げると斑目が入ってくるのが見え、その姿を見ると、ますます胸が苦しくなった。斑目を連れ戻そうとする北原に対し、こんな醜い感情を抱いていることを知られたくない。

「先生」

「……斑目さん」

「聞いたぞ。山浦の奴、臓器を売るなんて言い出したらしいな」

もう知っているのか……、と力なく笑い、ポツリと言った。

「北原さんの入れ知恵です」

「悪いな、先生。俺のせいで迷惑……」

「斑目さんのせいですって？」

坂下は、最後まで言わせなかった。

落ち着いた態度で、黙って自分を見下ろす斑目の視線に晒されていると、自分がどれだけ頼りなく、未熟な男なのか思い知らされるようだった。

気を遣ってくれているのがわかり、そんなことにさえ自己嫌悪を刺激されてしまう。

「斑目さんのせいって、本当にそう思ってるんですか？」

「そうだろうが。あいつは俺を追ってきたんだ。先生を追いつめるのも、俺を連れ戻すためだよ」

「でもっ、山浦さんが俺よりあの人を信用するのは、斑目さんのせいじゃない！」

「先生……」

「俺が頼りないからですよ！　斑目さんだって、わかってるんでしょう？　世間知らずの甘ちゃんで、ぬくぬくと育ってきた俺の乏しい人生経験じゃあ、壮絶な人生を送ってきた人に意見したって、何も伝わらない！　自分のことすらままならない俺なんかの言葉に、説得力なんかないって……あなただってわかってるくせに！」

八つ当たりだと思いながらも、自分を抑えることができなかった。

こんなことをしても、何も解決しない。言葉通り、自分が理想ばかりが高い甘ったれだと証明しているようなものだ。

情けなくて、悔しくて、どうにかなりそうだ。

「落ち着け、先生」

「落ち着いてますよっ！」

坂下は、さらに声を荒らげた。

北原が抱える憎しみにあてられて、どうにかなっていたのかもしれない。

誰かが苦しむことで心の平穏を保つ人間の姿をまざまざと見せつけられ、自分には到底理解できない感情に心を乱されている。

それは、哀《かな》しくて、息が詰まるほどのものだ。

「ほら、いいから深呼吸しろ」

背中をトントンと優しく叩かれ、言う通りにゆっくりと息を吸う。ようやく力が抜けて、情けない自分に対する怒りが少しずつ収まってきた。

しかし、今度は涙が出てくる。

「言っただろうが。甘ちゃんでも世間知らずでも、先生みたいなのがいねぇと、世の中は殺伐としてつまんねぇってな」

「でも……っ」

「ほら、泣くな」

坂下は額に手をやり、頭を抱えるようにして深く項垂れた。

でも、伝わらないのだ。どんなに言葉を重ねようが、伝わらない。とんでもないことを言い出す北原の言葉の方が、山浦を救えるような気さえしてくる。

「俺は、この街には先生みたいなのが必要だって思ってるよ」

「慰めなんか……」

「いいから聞け。先生がそんなふうに自信をなくして、自分を責めることがあいつの狙いなんだ。あいつの言葉に惑わされるな。あんたみたいな真面目なのに、あいつは強烈すぎるんだよ。だから無視するんだ。わかったな」

子供に言い聞かせるように一つ一つの言葉を大事に口にする斑目に、ようやく落ち着きを取り戻すことができ、坂下は深く項垂れたまま何度も頷いた。そっと頭を撫でてくれる斑目の手は、大きくて、温かだ。

「……どうしたら、いいんでしょうか」

坂下は、小さな声で聞いた。

「俺も、わかんねぇんだよ。正直参ってる」

「斑目さんでも、そういうことってあるんですね」

「それだけあいつが手強いってことだよ」

斑目は、タバコを取り出して火をつけた。「先生も吸うか?」とジェスチャーで聞かれたが、今は欲しくなく、黙って首を横に振る。

静かに紫煙をくゆらせる斑目の隣で、坂下は迷子になった子供のように途方に暮れていた。


それから、坂下の忍耐が試されるような日々が始まった。

暇を見つけては、臓器を売るなんて馬鹿な考えは捨てるよう説得するために山浦を探しに出る毎日――。

初めのうちは、坂下の顔を見るなり顔をしかめて何を言っても無視を決め込んでいたが、そのうち坂下を避けるようになり、この辺りに寄りつかなくなった。そうなると、さらに遠くまで山浦を探しに出かけなければならず、負担は増える一方だ。

そんな坂下の下へ、血相を変えた双葉が駆け込んできたのは、山浦が臓器を売ると言い出してから二十日ほどが経ってからのことである。

「どうしたんです?」

二階で夕食の準備をしていた坂下は、慌てて駆け込んできた双葉の様子に嫌な予感がした。

「山浦さんがっ、ヤバイかもしれないんっす」

「えっ、何かトラブルでも?」

「いや、まだそうとは決まったわけじゃないんっすけど。一番最近で山浦さんを見たの、いつ頃っすか?」

「十日くらいだと思いますけど」

「やっぱり……」

双葉の話によると、山浦はある場所に頻繁に通っていたというのだ。比較的仲のいい飲み友達に、手術のためにしばらくここを離れると漏らしていたという。

どこか悪いのか、手術の金はあるのかと聞くと、嬉しそうに頷くだけで病人とは思えない反応に違和感を覚えたと言っている。

手術というのは、腎臓摘出手術のことだと思っていいだろう。

「ここんとこ姿を見ないと思ってたんっすよ。ほら、適合がどうとかで、検査するでしょ?

それやってたみたいで……」

双葉の言う通り、生体間腎移植を行うには血液型やＨＬＡ型などの検査はもちろんのこと、健康状態を把握するために、尿検査、胃透視、呼吸器検査、Ｘ線検査、ＲＩ（腎シンチ＋レノグラム）検査など、事前に多くの検査を必要とする。

もし、今山浦が移植手術のためにこの街を離れているのなら、診療所に臓器提供意思表示カードのことを聞きに来たすぐ後にブローカーと接触したということになる。

しかも、山浦の腎臓が適合する患者がいたということだ。

「今、斑目さんも捜してます。北原って人の居場所は知ってるらしいから、あの人に聞けば山浦さんがどこで手術を受けるかわかると思います」

「斑目さんが、夕方頃にここに来るよう呼び出してるらしいです」

「北原さんはどこにいるんです？」

「わかりました。来たら俺から聞いて……」

言いかけたところで、診療所の外で口論する声が聞こえた。双葉と外に飛び出すと、ちょうど斑目が北原を問いつめているところだった。胸倉を掴み、怒りを露わにしている。

あんなふうに感情を剝き出しにした斑目は、あまり見たことがない。

「本当なんだろうな？」

「ええ、嘘は言いませんよ。斑目先生」

北原の口調は落ち着いたものだった。急いで駆け寄り、山浦の居場所を斑目に聞くが、返ってきたのは坂下が望む答えではなかった。

「こいつじゃないらしい」

にわかに信用できずに北原を見ると、そんな坂下の心を読んだような顔で即答する。

「嘘は言いませんよ。本当に腎臓を売る気なら、俺がその筋を紹介するって言ったでしょ」

「そんなこと言って、本当は知ってるんじゃないですか？」

「こいつは嘘は言ってないよ、先生」

すぐに否定され、坂下は息を呑んだ。

斑目の言葉は、北原をよく知っている者でないと言えない台詞だ。嘘を言っているかどうかの見分けがつくなんて、どれだけ深いつき合いをしてきたのだと思ってしまう。

また妙な考えに取り憑かれそうになった坂下は、こんな時に余計なことを考えるなと、頭からそれを追い出した。

「じゃあ、山浦さんはどうやって？」

「……あいつ、先走りやがったな」

斑目がポツリと言い、険しい顔をする。

それは、昌一が独自でブローカーに接触したことを仄《ほの》めかすものだった。いわゆる、ドナービジネスというものだ。

「でも、素人《しろうと》がどうやってそんな人たちと」

「さぁな。だが、情報はいくらでも拾える。今はネットも普及してるしな」

「素人がそう簡単に、裏の世界に足を踏み込めるもんなんですか？」

「闇金かも……。俺、臓器を担保に借金をする話は、結構聞いたことあります。借金まみれの奴と知り合ったことがあって、そいつが持ちかけられたって言ってたんっすよね。そうめずらしい話でもないって」

双葉の話を聞き、本当にそんな世界があるのかと驚きを隠せなかった。

坂下も医者だ。臓器移植に関しての論議が盛んに行われているのは知っている。ドナー不足に加え、法律の関係上、十五歳未満は国内での移植手術が認められていないため渡航を余儀なくされる現実。闇の斡旋業者の存在も、まったく架空の話でないことも重々承知だ。

しかし、それは裏の世界に深く入り込まなければ関わることのできない話だと、漠然と思っていたのだ。昨日今日、臓器を売ろうと決意したからといってすぐに行動を起こせるものなのかと、不思議でならない。

「本当にそんなことが……」

「あり得ない話じゃない。そっちの方面には詳しくないが、俺も聞いたことはある」

斑目曰く、暴対法の施行以来ヤクザが地下に潜って活動をしているように、臓器移植法が施行されてからというもの脳死臓器移植の数は一向に増えず、違法な手段を使って入手した臓器を使っての移植手術は後を絶たないという。

闇の斡旋業者は国内外でドナーを募り、フィリピンなどで移植手術を行う。

慢性的なドナー不足が解消されていないというのに、規制ばかりを強化すれば闇の業者がそこに喰い込んでビジネスを展開するのは自然な流れだ。

「じゃあ、山浦さんも今頃国外へ……」

「その可能性は大きいな。リスクを考えると、日本で移植手術を受けるよりはいいしな」

「そんな……っ」

「龍。昌一の連絡先を知ってるだろう？」

言え、と視線で訴える斑目だが、北原はすぐには答えなかった。

「お前のせいで、山浦が死ぬかもしれないんだぞ。お前だって知ってるだろうが。腎臓だけじゃない。人間の臓器は、どこだって高く売れるってな。昌一が接触した業者がそういう方針でやってたら、どうなると思ってる？」

それは、山浦の死を意味するものだった。盗難車をパーツごとに売りさばくように、人の躰も切り刻まれ、一つ一つ値段をつけられる。

二人はしばらく睨み合っていたが、北原は観念したように携帯電話を取り出した。何度か連絡を取ったのか、慣れた口調で話を始めた。

「ああ、昌一君？　俺だよ。今いいかい？」

話ながら斑目と目を合わせる。どうやら、昌一は山浦が摘出手術を行う病院に同行しているようだ。

「ね、いい話があるんだ。この前話した臓器を売るって話だけど、君が本当にお父さんの腎臓を売りたいなら、専門の業者を紹介してあげてもいい。自分で探すと、買い叩かれてしまうからね。せっかくの腎臓だ。もちろん俺も仲介料はもらうけど、できるだけ高く売ってあげるよ。具体的な話をしないかい？」

買い叩かれると聞いて焦ったのか、昌一は今、ちょうど山浦を連れてとある病院に来ていると素直に白状した。住民票などの関係でパスポートを取ることができなかったのか、手術はどうやら国内でやる予定のようだ。

運が味方についた。

今さらやめるわけにはいかないと訴える昌一に、北原はなんとか自分が話をつけてやると言いくるめて場所を聞き出してみせる。こういうところは、さすがだ。

「居場所、わかりましたよ。ここからそう離れてません」

「行くぞ」

斑目の声を合図に、坂下たちは山浦が連れていかれた病院へと向かった。

坂下たちのいる街から二時間弱のところに、件《くだん》の病院はあった。

そこはどこから見てもごく普通の外科病院で、そう大きくはなく、開業医と看護師数人で稼働させているような規模だ。

まさかこんなところで腎臓摘出手術が行われているなどとは、誰も思わないだろう。古びたビルの地下などで、いかにもな風貌をした飲んだくれの闇医者が密《ひそ》かに行っているものだと思っていたが、現実は案外こんなものだ。

裏の通用口は開いており、坂下たちはそこから中に入っていった。白い壁とリノリウムの床。非常口を示す緑の誘導灯と消火栓の赤いランプが、ぼんやりと闇に浮かんでいる。人気《ひとけ》はなく、廊下の先は闇に包まれており、黄泉《よみ》の入口にでも立ったような錯覚に陥った。人ならぬ者どもの呻《うめ》き声が聞こえてきそうだ。

「手術室はこの先か。——行くぞ」

暗がりを突き進んでいくと、手術中のランプが点灯していた。

「あそこです！」

坂下の声を合図に、一斉に中に踏み込む。

最初に目に飛び込んできたのは、後ろ手に縛られて猿轡《さるぐつわ》を嚙まされたまま、床に跪いている昌一の姿だった。殴られたのか、顔とシャツに血が飛び散っている。切れた瞼《まぶた》が腫れ上がっていて、痛々しい……。

「うう……っ」

昌一の髪の毛を鷲摑《わしづか》みにしているのは、目の下に大きな傷痕《きずあと》のある男だった。濃いグレーのスーツにワイン色のワイシャツ。そして黒地に赤いドット柄のネクタイ。

どう見ても、堅気の人間ではない。

「山浦さん……っ！」

奥のクリーンルームでは、腎臓の摘出手術が行われていた。ガラス窓から見える限りでは、医者と看護師が一人ずつ。あとはそれを取り囲むように手術着を身につけた男が数人、手術を手伝っている。

「いらっしゃい。こんなところに飛び込んでくるなんて、勇気あるねぇ」

「昌一を放せ」

「それは聞けないなぁ。こいつがいきなり腎臓を売るのはやめるなんて言い出してさ、でなきゃもっと金出せってさ。ほとほと困ってたんだ。入れ知恵をしたのは、あんたら？」

「手術を中止させろ」

斑目は、低く唸《うな》るように言った。二人は、対峙《たいじ》したまま動こうとはしない。緊迫した空気に、息が詰まりそうだ。

臓器を取るのはやめろと言われ、「はいそうですか」というわけにはいかないことくらい坂下にもわかっていた。相手は闇で臓器売買を行っている組織だ。特に腎臓は腐りやすく、専用の冷却装置に入れて運んだとしてもそう長くはもたない。今頃、腎臓を必要とする患者が別の病院で待機しているはずだ。

すべての準備を整えるための手間暇や資金を考えると、その損失は大きい。

「中止になんかできるわけないでしょ？　何言ってんの？」

「ま、そう言うと思ってたがな」

「わかってたなら、聞かないことだよ」

柔らかな物言いが、坂下には恐ろしくてならなかった。不気味で、大声で恫喝《どうかつ》されるのとは違う、得体の知れない者に対する恐怖をジワジワと感じさせられる。

このスーツの男が、ただのチンピラではないのは間違いなかった。

「一つ聞くが、日本で手術をするってことは、腎臓が必要だって奴は上客か？」

男は笑いながら平然と構えており、すぐには返事をしなかった。斑目が言っていることは、どうやら当たっているようだ。

斑目は男の顔色を観察しながら、さらに続ける。

「山浦の腎臓を必要とする相手は、おおかた『ドナーは日本人にしろ』なんて贅沢を言ってるんだろう？　腎臓移植は、ドナーにどの人種が当たるかわからない格安ツアーでも

二、三千万はかかるからなぁ。日本人の腎臓なると、価格は高騰する。しかも、フィリピンやマニラじゃなく、国内での手術ときてる。一般人がわざわざ法律を犯してまで、割高な手術なんかしねぇよなぁ。斡旋料、いくら貰った?」
「よーくご存知で。あんた、堅気の人間じゃないね」

「ただの日雇いだよ」

睨み合いは続いた。

坂下は焦り始めていた。こうしている間にも、時間はどんどん過ぎていく。医者は黙々とメスを動かしており、その手は確実に山浦の腎臓に伸びようとしているのがわかる。

我慢できず、ガラス越しでもいいから執刀医に手術は中断だと伝えようと、足を踏み出した。

「とにかく、手術は中止です。通報されたくなければ、中止にしてくだ……、——っ!」

男の横をすり抜けようとした瞬間、すごい力で胸倉を摑まれ、壁に跳ね飛ばされた。したたか頭をぶつけ、苦痛に顔を歪《ゆが》める。

「——く……ッ」

こめかみの横で、ガチ、と鈍い金属音がした。

額に押し当てられたのは、紛れもなく銃口だった。それは冷たく、ずっしりと重い鉄の質感が伝わってくる。

「あんたら殺して、捨ててもいいんだよ？」

男はそう言ってしゃがみ込むと、坂下の耳に辛うじてぶら下がっているメガネを元の位置に戻した。そして目が合うと、ニヤリと笑う。

恐ろしい笑みだ。

坂下の心がわかったのか、男は満足げな顔で再び立ち上がり、ゾッとするような冷たい目で坂下を上から見下ろす。

「うちだって巨額の金を手にできるチャンスをみすみす逃したくはない。うちは善良な業者だからやんないけど、下請けもあってねぇ。それこそ角膜やら骨髄やら、使えるもん全部使うような連中もいるんだよ。今、そっちに回そうかって相談しようかと思ってたところなんだ」

「なるほど。一度閉腹して、今度は片道切符の海外ツアーにでも誘おうってのか？　はっ、何が相談だ。もう手筈は整ってるんだろうが」

否定しないところを見ると、どうやら当たっているらしい。

なんて酷いことを……、と非難めいた視線を送るが、そんなものが効くような人間なら臓器売買のブローカーなんてやらないだろう。軽蔑されることが、その世界でのステイタスであるかのように誇らしげに笑いさえしているのだ。

「俺たちを全員殺すか？　俺らだって社会と繋がって生きてるんだ。一度にこれだけの人間が行方不明になれば、警察が動くかもしれねぇぞ」

「日雇い風情のためにか？　笑わせるなよ。死体が出なきゃ、事件にすらならねぇんだ。掃除屋って知ってるか？　死体処理のプロでね、うちの取引相手だよ」

「残念だが、日雇いなのは半分だけだ。特にこっちのは、大学病院の若きエースでね。こいつが行方不明になったら、多少厄介なことにはなる。裏の人間にも顔が利くんだよ」

「でも、もう手術始まっちゃってるんだよねぇ。経費もかかってるし、俺だって手ぶらで帰ったら、上のモンに怒られちゃうんだよ。わかるでしょ？」

「腎臓一つならやってもいい。持っていけ」

「——斑目さん……っ」

まだ間に合うというのに、なぜ取引を持ちかけるのかと気色ばんだ。だが、斑目はチラリとも坂下を見ようとはせず、男との駆け引きを続けている。

緊張のせいか、坂下の額に滲《にじ》んだ汗がツ……、と流れ落ちた。息が苦しい。

「腎臓は持っていくよ。当然でしょ」

「タダでくれてやると言ってんだ。他の臓器はやれないが、それで損失を補填できるだろうが」

昌一が目を見開き、そんなことはさせないともがき始める。しかし、横っ面を殴りつけられ、またおとなしくなった。

交渉は、引き続き斑目が行う。

「もし、それで引かないってんなら、俺にも考えがある。ここらで折り合いをつけた方が、下手に揉めるよりいいんじゃねぇか？　俺たちだって、正義の味方を気取ってあんたらの組織をつぶそうと思ってるわけじゃない。ただ、あそこのおっさんを連れて帰りたいだけだ。返してくれりゃあ、全部忘れてやる。俺たちも平和に暮らしたいんでね」

斑目の無言の圧力は、男に携帯電話を握らせた。

上の指示を仰いでいるのだろう。一度電話を耳から放し、大学病院の若きエースの名を聞いてまた話を続ける。

緊張で、心臓が暴れていた。

今は、北原がどれだけ裏の世界に影響力があるかにかかっている。

ただの使い捨てと思われているなら、男が仄めかした通り、全員殺されて死体は処理されるだけだろう。

お願いします……、と心の中で祈りながら、五分ほど待つ。

話が終わると、全員が見守る中、男はゆっくりと携帯電話を閉じた。口許に浮かべられた笑みの意味が坂下たちにとってどんなものなのか――。

焦らされ、緊張に息が詰まる。

「あんた、ラッキーだね。俺の上司は今日は機嫌がいいようだ」

そう言ったのを見計らったかのように、奥のクリーンルームから手術着を身につけた男たちが足早に出てきた。手には臓器を運ぶ専用のケースが握られている。

「これでもう用なしだ。後のことは、あんたらでなんとかするんだな」

男がそう言った時、中から執刀医が出てきた。

この病院の医者だろう。四十歳くらいの男で、どこにでもいる気の弱そうな中年だ。その後ろからは、看護師が青ざめた表情でついてくる。

「ちょっと、待ってくれ！　まだ手術は終わってない」

「先生、ご苦労だったな。もう終わりだよ。今回であんたも用なしだ」

「……っ、どうして……っ」

「こいつらにここのことがバレちまったんだ。使えるわけがないだろう。ここは閉鎖だ。残った借金は、地道に返すんだな」

「そんな……っ！　まだ手術の途中だ！　私と妻だけでどうしろと言うんだ」

「だったら、さっさと戻れよ。殺さないようにがんばれよ」

手術途中で患者を放り出すつもりなのかと思うと、坂下は頭にカッと血が上り、考えるより先に動いていた。

「あなたって人は……っ」

「——先生……っ」

坂下が身を乗り出した瞬間、パン、と渇いた音が響き、斑目に抱き込まれるような格好のまま床に転がる。何があったのかすぐにわからず呆然《ぼうぜん》としていた坂下だったが、冷たい声が頭上から降ってきて、ようやく状況が見えてきた。

「おっと、調子に乗るなよ」

鼻をつく火薬の匂い。

斑目が庇《かば》ってくれなければ、坂下は撃たれていたかもしれない。

いとも簡単に引き金を引くことができる男の冷酷さに、これが本当に現実なのだろうかと疑いたくなった。

「俺らの組織をつぶすつもりはないんだろう？　だったらおとなしくしとかねぇと、せっかく大目に見てやってるのに、白紙に戻すぞ」

「……そうだな。悪かったよ。この先生は気が強くてな、俺も手を焼いてるんだ」

斑目の言葉に男はふと嫌な笑みを残し、仲間を連れて出ていく。

残されたのは、嵐が去った後のような不気味な静けさだった。破壊され、秩序も乱された後に横たわる世界を見ている気分だ。残骸を見て、ただ呆然としていることしかできない。

何から手をつけていいのか、わからないのだ。

「大丈夫か、先生。飛び道具を持った相手に、いきなり飛びかかろうとするなよ。それに、惚けている暇はねぇぞ」

「す、すみません」

そうだ、今は山浦を連れて帰ることを優先させなければ——坂下は、クリーンルームへと目を向けた。中には誰もおらず、山浦は放置されている。

執刀医とその妻は、ただ立ち尽くしているだけだ。

「ど、どうしてくれるんだっ！　あいつらに見放されたら、俺はどうしたらいいんだ」

いきなり思い出したように、執刀医が斑目に喰いかかる。なんて勝手な奴だと怒りを覚えた。

「一生、不法な手術をやるつもりか？　何をやらされてるんだ？　臓器摘出だけじゃねぇだろうが！　無許可の中絶は何回やった？　えっ！」

「お前に何がわかる……っ」

山浦の腹は、開かれた状態のまま放置されていた。本当に腎臓を切り取っただけで、後の処置など何一つされていない。もともと昌一をそそのかして、閉腹した後に海外に連れ出して使える臓器はすべて摘出するつもりだったのだ。

金のなる木にならないなら、義理立てして命を繋いでやる必要もない。

それが、奴らの考え方だった。

「斑目先生。俺たちでやりましょう」

北原の静かな声が、坂下の耳に届いた。

「この医者には、手術を続けるなんて無理ですよ。俺たちでやるんです。ぐずぐずしてる暇はないですよ」

「そうだな。先生、あんたも手伝ってくれ。双葉、お前もだ」

まさか、いきなり手術をすることになるとは思っていなかったが、今自分たちがやらなければ、山浦は間違いなく死んでしまう。

「わかりました。急ぎましょう」

坂下たちはすぐに衣服を着替え、念入りに手を洗い、手術の準備をした。先に準備ができた北原が、手術台に横たわっている山浦の容体を診ている。

「龍、どうだ?」

「出血が多すぎます。このままでは血液が足りない。坂下先生、あなたは血液パックの準備を」

「はい。何型です?」

「O型だ。だが、O型の血液はストックがもうほとんどない」

坂下たちの様子を見てクリーンルームに入ってきた医者が、横からボソリと言った。

「ほとんどないですって?」

「ああ」

諦めきった表情からは、人を救おうとする意思がまったく感じられなかった。自分が破滅するなら、誰かを巻き添えにしてもいいといったところだろうか。

「この中にO型はっ？」

「俺だ」

坂下の言葉に反応したのは、斑目一人だった。しかし、今は斑目の手が必要だ。できれば他の人間から輸血をしたいところだ。

坂下は、部屋の隅からじっと様子を見ている昌一に目を止めた。親子なら、血液型が一致する可能性は大きい。

「昌一君。あなたの血液型は？」

「し、知らねぇよ」

「こっちに来てください」

「なんだよ？」

「いいから来るんです！」

坂下は、血液型を調べる準備を始めた。

特に生後間もない時期は、母体からの免疫の関係で血液型検査の信憑性が低いため、大人になって再検査をすると違う血液型だったということがままある。昌一が正直に言おうが言うまいが、同じだ。

輸血の場合はどんなに緊急を要する時でも、必ず検査は行う。

「血液型を調べますから、ちょっと血を抜きますよ」

「親父に輸血なんて冗談じゃねぇ！」

「山浦が死んだら、お前、刑務所行くか？　あそこの飯は臭ぇぞ」

「……っ」

静かな斑目の言葉が、昌一をおとなしくさせた。さすがに刑務所という言葉には、怖気づいたようだ。

「――ちっ」

強がってみせる昌一の耳から血を採取し、すぐに検査にかかる。結果が出るまでそう長くはかからないが、一分一秒が長く感じられた。圧倒的に時間が足りない。

そうしている間にも、血圧を示す数値はどんどん下がっていく。

ショートラン発生。心室頻拍。

「ドパミンはあるか？」

斑目の声が耳に飛び込んできた。

「〇・二ミリだ」

即座にカテコラミン系の強心剤が投与され、いったん戻ったかに思えたが、再びショートランから心室頻拍。心停止を示す無機質な機械音が続く。

「心停止」

落ち着いた北原の声が耳に飛び込んできて、手術台に目をやった。麻酔で眠っている山浦は、死んでいるようにも見える。

その姿が死を彷彿《ほうふつ》させたのか、坂下は動揺を隠せなかった。間に合わない。

「カウンターショックの準備だ」

「斑目さん……」

「先生、焦るな。大丈夫だよ、俺がメス握ってるんだ」

「は、はい」

落ち着け……、と自分に言い聞かせ、ようやく出た結果に首の皮一枚繋がった気になった。

昌一と山浦の血液型は適合。

ホッと胸を撫で下ろす暇もなく、すぐに昌一をベッドに寝かせて輸血の準備をする。その間も斑目たちは、心肺蘇生《そせい》に取りかかっていた。

応急処置でいったん血管を専用のクリップで留め、心臓に電圧をかけるのだ。これで戻らなければ、血液が準備できても山浦は終わりだ。

「戻ってくれよ」

電圧をかけるが、心電図に変化は見られなかった。

もう一度。チャージ。そして通電。

「くそ、戻れ」

ドッ、と山浦の躰が大きく跳ねた。しかし、やはり心電図に変化はなかった。

三度目。チャージ。

そして、もうダメだと思った瞬間――。

「――戻りました」

モニターを見る北原の声が、静かに響いた。

冷静なのがわかる。心臓が止まった時も、再び動き出した時も、同じ口調だ。そこに感情は一切挟まれていない。これが、優秀な外科医の姿だと心底思わされた。

しかも、それから先は斑目と北原の独壇場だ。

アイコンタクトで意思の疎通をはかることはもちろん、北原は先回りして斑目がして欲しいことをする。坂下は、ついていくのがやっとだった。

目を見張るほどの二人の連携。

双葉が腕にケガを負った時の縫合手術や、坂下の祖母であるフサの心臓外科手術の時も斑目の技術に圧倒されたが、今はそれを上回るすごさだ。

坂下が助手をした時より、はるかに手際がいい。

これが、本当の外科手術だ。執刀医の腕を発揮させることのできる助手がいるのといないのとでは、こんなにも差が生まれるものだろうかと驚かされる。

手術が終わるまで、坂下は圧倒されっぱなしだった。

手術は無事に終わった。

しかし、山浦は心停止状態が続いたのもあり、楽観できる状況ではなかった。心臓が停止すると脳に酸素が供給されなくなり、脳細胞は瞬く間に死んでいく。どのくらいかはわからないが、障害が残るのは避けられないだろう。

どうしてこんな結末を迎えなければならないのかと、坂下はやり場のない怒りと悲しみに胸を痛めていた。

どうして、昌一を止められなかったのだろうかと……。

「昌一君。ちょっと来てください」

「なんだよ?」

「いいから来るんです!」

坂下は昌一を引きずるようにして、二階にある山浦の病室に連れていった。容体は安定しているが眠っている山浦の顔色は悪く、土気色だ。苦しそうに少し眉をひそめているのが、見ていて切ない。

「これを見ても、あなたは何も感じないんですか」

「は？　何を感じろっての？」

「山浦さんには、障害が残る可能性が大きいんですよ。あなたが自分を恨んでいるって知ってても、腎臓を売るだなんて馬鹿な真似をしようとしたんです。山浦さんの気持ちが、わからないんですか？」

「だから何？　一人で何熱くなってんだよ」

昌一は「くだらない」とばかりに鼻で嗤うと、面倒臭そうに頭を掻いた。投げやりな態度から、この青年の心が冷めきっているのだというのがわかる。

「あんたらのせいで、金を貰いそびれたじゃねぇか。親父だってせっかく罪を償えるチャンスだったってのに、腎臓をタダで持ってかれて、不本意なんじゃねぇの？」

「あのままだと、腎臓どころか命まで取られたかもしれない」

「だったら何？　それでもいいだろ。どうせ世の中の役に立つような人間じゃないんだからさ」

「でも、山浦さんは街のみんなに好かれてました。価値のない人間なんかいない！　過去のことだって心から反省して……」

「あーそう。はいはい、もういいよ」

昌一には、何を言っても通じなかった。

目の前では、自分のために臓器を売ろうとした父親が青い顔をして横たわっているというのに、昌一は何も感じていないのだ。山浦の容体が急変し、命の火が消えたとしても、冷静に受け止めることができるだろう。

悔しいが、それが坂下が直面している現実だった。

何も変えられない。

「俺の血で助かったんだろ？　だったらもういいじゃねぇか。じゃあ俺は帰るぜ？」

あまりにもあっさりと言われ、引き止めるタイミングさえ失ってしまった。

昌一が病室から出ていった後、坂下はしばらくその場に立ち尽くしていたが、すぐに北原が入ってくる。昌一と話をしたのか、坂下が佇んでいるのを見て何かを察したかのように笑ってみせる。

「お疲れさま」

随分とすっきりとした顔をしていた。まるでスポーツでも楽しんできた後のようだ。そんな北原を見て、怒りが湧かないはずがない。

「どうでした？　俺と斑目先生の手術」

「……あなたは、自分が何をやったかわかってるんですか？」

「人の命を助けた。それが何か？」

「助けたですって？　あなたが昌一君に妙なことを吹き込まなければ、こんなことにはならなかったんですよ。山浦さんが腎臓を失うことも！　人の命をなんだと思ってるんです！」

つい、大声で怒鳴ってしまうが、北原は少しも動じない。まるで親に反発する子供でも相手にしているかのような余裕の態度で、坂下を見ている。口許には笑みすら浮かべており、それがまた坂下の悔しさに拍車をかけていた。

この男には、タブーという観念や罪の意識なんて存在しないのだろうか。

直接山浦に恨みを持っている昌一ならまだしも、なんの恨みもない北原がこうして笑っていられるのが不思議でならない。もしかしたら、自分の父親を重ねているのかと思ったが、それでも理解できなかった。

「でも、あなた見たでしょう？　俺と斑目先生の手術。あなたなんて入り込む隙さえなかった。それくらい認めたらどうです？」

そうだ。確かに斑目と北原の間に、坂下が入り込む隙など爪の先ほどもなかった。助手として手術を補佐しながらも、坂下ができることなんて限られていた。

あの空間にいたのが自分じゃなくても、手術は成功しただろう。

今振り返ると、手術に関して言えることはそれだけだ。

「斑目先生は、こんなところで燻ってちゃいけない人なんだよ。あの人の力を最大限に引き出せるのは、俺だけだ。君みたいな、お医者さんごっこで満足しているような落ち零れの医者には、俺の悔しさはわからないだろうね。あれほどの腕を腐らせておけるなんて……君は最低だよ」

冷静に話していたというのに、最後の方は感情を剝き出しにして坂下を責める。

これが、北原の本音だろう。神の手と呼ばれる伝説の医者と組み、数々の手術をこなしてきたからこそ、悔しさもいっそうのものになる。

二度、斑目の手術を――しかも、設備の整っていない悪条件の下で、存分に腕を発揮できない状態での斑目の手術を見た坂下にとって、北原の言っていることはよく理解できた。

その行動を責めたいのは坂下の方だったというのに、逆に北原に責められ、言い返す言葉を失っている。

斑目ほどの腕を腐らせておく罪。

優秀な外科医が、患者にとってどれだけ必要なのか。

いとも簡単に臓器を売ろうなどという発想を思いつく北原に反発しているが、二人が組んで行った手術があまりにも神懸かり的なものだったため、坂下は自分の正義を貫けなくなっていた。

どんなに腕が立つ外科医で、到底救えぬ命すら救ってしまえるような奇跡を起こすことのできる医者でも、命を軽く見ていいことにはならない。頭ではわかっているはずなのに、反論できない。

坂下の気持ちはグラグラと揺れていた。

昌一の心を溶かすこともできず、無力な自分を思い知るあまり、二人が手術をする姿を思い出してなんともいえない気分になる。

「何か言うことは？」

勝ち誇ったように笑みを見せる北原に、結局は何も言い返せずに押し黙ってしまった。

「言うことがないなら、俺は行きますね。……じゃあ」

北原は鮮やかな笑みを残して、坂下の前から消えた。優雅な仕種は、勝利者の自信に満ち溢れており、何もかもが坂下を圧倒していた。

坂下はしばらく立ち尽くしていたが、いつまでもこうしているわけにはいかないと思い、とぼとぼと病室を出る。

「……斑目さん」

一階に下りていくと、ちょうど斑目が外から戻ってきたところだった。

「医者とは話をつけた。山浦は躰が回復するまで入院させてくれるそうだ。もちろん無償でな。あの医者がやってたことを他言しないって条件つきだ」

「わかりました」

「不満か？　ここでやってたことを黙認するのは」

「いえ、そういうわけでは……」

斑目が聞いたところによると、あの医者も、闇金に借金をして返済額が膨大になり、立ち行かなくなった人間の一人だった。臓器を売るのではなく、医者としての腕を売ったわけだ。

そして魂も……。

ここでは、フィリピンや中国から出稼ぎに来て、水商売に手を染めてしまった女たちの中絶手術も行っていたらしい。脅迫され、半ば強制的に協力させられていたことを考えると気の毒な気もするが、自業自得だとも思う。非合法に行われていた手術を坂下たちに知られた以上、この病院が使われることはなくなるだろうが、またどこかで同じようなことが行われるのかと思うと複雑な気がした。

坂下も、金のために通報すべきケガを黙って治療したことが二度ある。

「どうした、先生」

「あ、……いえ」

北原に言われたことが先ほどからずっと胸に残っており、心ここにあらずだった。

本当は斑目の腕を腐らせておくのは罪なのではと、そればかりを考えてしまう。救える命を救うチャンスが奪われているのなら、それを見過ごしている自分に責任はないのかと考えてしまうのだ。

「先生?」

いつまでも浮かない顔をしているからか、斑目は怪訝《けげん》そうに顔をしかめた。

「変なこと考えてねぇだろうな」

「何をです?」

「また龍の奴が何か言ったんだろう？」

「別に、ちょっと疲れただけです。いろんなことがありすぎて……。それより、山浦さんのことを考えなきゃ。障害がどれくらい残るのか、わからないですし」

溜め息を漏らし、斑目の視線から逃れるようにその場を後にする。

今は斑目を同じ空気を吸っていることさえ、辛いと思えてならなかった。

山浦の手術から十日。

斑目は、坂下に会いに診療所に来ていた。すでに夜の十一時を回っており、診察室の明かりが皓々《こうこう》と闇を照らしている。

あれから坂下は、昼間は街の連中のために働き、夕方から夜にかけて山浦のところへ行く生活を続けているようだった。あの細い躰でよく体力がもつものだと感心するが、同時にいつか倒れやしないかと心配もしていた。

そして何より、病院での坂下の態度がずっと引っかかっている。

浮かない顔をしていたのは、単に山浦のことだけが原因とは思えなかった。自分を責めるように、始終思いつめた目をしていた。あんな顔をずっと見せられては、たまらない。

坂下は、気持ちがすぐに顔に出る。素直なのだ。

他人の痛みに共感し、一緒に辛い思いをする。純情で、真っすぐで、少し頼りないが人として斑目は尊敬している。年下なんて関係ない。

(龍に、何を言われたんだ……)

斑目さえ手を焼く相手だというのに、坂下のようなのが相手にできるタマではない。

診察室のドアを開けたが、坂下の姿はなかった。いつも坂下が座っている椅子が、ひっそりと置かれているだけである。奥に進み、椅子の背もたれに手を置いた。

薄汚れた白衣を羽織り、口もガラも悪い連中を相手に日々奮闘している姿が思い浮かぶ。

坂下の姿を思い出すと、自然と表情が緩んだ。

「斑目先生」

ゆっくりと振り返ると、そこには北原の姿があった。

「なんだ、龍か」

嫌な奴に会ったもんだと思いながら、タバコに火をつける。坂下に会いに来たというのに、一番見たくない人間の顔を拝まされ、勘弁してくれといったところだろうか。本当なら二、三発殴って「この街から出ていけ」と叩き出してやるというのに。

しかし弱みを握られている以上、坂下とこの診療所を守るためには、そう大きく出られない。そしてそれが同時に、坂下を追いつめていく羽目にもなっている。

いつまでもこの男に辺りをウロつかれたくはないが、八方塞がりだ。

「坂下先生は、ご不在ですよ」

「龍。お前、こんなところで何してやがる」

「何って、斑目先生に会いに来たんですよ。顔が見たかったから」

「俺は先生が呼んでるって聞いて、来たんだがな。お前の仕業か」

「だって、こうでもしないと二人きりで会ってくれないでしょう?」

北原はゆっくりと中に入ってきて、誘うような目をした。昔から、よくこんな態度を取る男だった。手術時の胆の据わり方や大胆さは同じ男から見ても感心するほどだが、性欲を満たしたくなると、途端に女に変わる。

しかも、普通の女じゃない。欲しいと思った男なら、誰が相手だろうが奪い、自分が満足するまで喰い締める毒婦のような女だ。

「なんの用だ」

「先日はお疲れさまでした。久々にあなたの腕を見せてもらって、すごく興奮しましたよ。ホテルに戻って、一人でやり狂ったくらいです」

斑目は無言で北原を睨んだ。

この男が何を言おうとしているか、なんとなくわかったからだ。これまではなんとか問題を先延ばしにしていたが、今北原は、本格的に動こうとしている。いつまでも「腕が錆びた」と言って誤魔化すことはできない。

斑目の警戒が伝わったのか、北原はまるで追いつめた獲物に飛びかかる寸前の捕食者のように、ペロリと自分の唇を舐めてみせた。

美味しそうな餌《えさ》に喰らいつくのを、これ以上待てないと言いたげである。

「あなただって、久々に血が騒いだんじゃないですか？　外科医の血が……」

「くだらねぇな」

「そうですかね。俺はね、手術してわかったんです。どうしてもあなたが欲しい。前みたいに組みましょうよ。俺なら、あなたを満足させられる。助手としても、セックスの相手としても」

そう言うと、北原は斑目の前までやってきてゆっくりと跪き、誘うような上目遣いをしてみせた。そして、微笑を浮かべながら斑目のズボンに手を添える。

ファスナーを下ろす音が、静かな室内にジジ……、と漏れた。

「ね、斑目先生。俺とイイことしましょうよ」

言いながら、北原は斑目のズボンの前をくつろげた。

それはまだ勃ち上がっていないが、北原は構わず下着の上から愛撫を始める。鼻を擦りつけ、唇で挟み、歯を立てて噛むふりをしてみせるのだ。まるで洋モノのアダルトビデオに出てくる女優のような仕種だ。男だが、ぞっとするような美しさのある北原がやると、さまになってしまう。

似合いすぎて嫌になるほどだ。

「ほら、もうこんなに大きくなりましたよ。最後にセックスしたのは随分前だけど、全然衰えてないんですね」

北原は手で扱《しご》きながら笑い、今度は下着をずらして中で大きく変化したものを取り出して口に含んだ。こういう行為に慣れた男は、嬉しそうな表情で舌を絡ませ、さらに育てていく。

濡れた音が聞こえ始めたのは、北原がわざとむしゃぶりついているからだ。

くびれにキスをし、先端の小さな切れ目に舌先をねじ込んで、それに飽きるとまた全体を咥え込んで吸う。

斑目は、きれいな顔をした男が自ら男の前に跪いて屹立したそれにむしゃぶりついているのを、咥えタバコのままじっと見ていた。大学病院の若きエースとしての地位を持ち、実力も兼ね備えた男が、すべてを捧《ささ》げると言ってこんなことをするのだ。

だが、斑目は冷めた目で北原を見下ろすだけだった。股間のものはしっかりと勃ち上がっているというのに、心が興奮しない。北原を抱こうという気にはなれない。

自分でも不思議なくらいだ。もちろん、坂下に義理立てしているわけでもなかった。

「ん……、ぅん……、ん、……ね、斑目先生……。これを……、……ん……、俺のあそこに、……突っ込んで、くださいよ」

北原は、猫撫で声で催促した。

唾液で濡らされた斑目の中心は、いつでも男を貫けるといわんばかりに、卑猥にてらてらと光っている。潤滑油などなくとも、北原は歓喜の声をあげながらそれを後ろに咥え込んでくれるだろう。

「ね？　もう……我慢、できないんです。……ぅん、……あなただって……こんなにしてるじゃ、……ない、ですか」

次第に大胆に音を立てる北原の愛撫に、斑目の中心はさらに張りつめていく。

しかし、それでもやはり、斑目の心は萎《な》えたままだった。

「龍」

「なんです？　――ぁ……っ」

北原の髪の毛を鷲摑みにし、上を向かせた。すると、うっとりとした表情のまま斑目を見つめ返してこう言う。

「乱暴にしてもいいですよ？　その方が、燃えるし」

いかにも、この男が言いそうな台詞だ。

皮肉な笑みを漏らす斑目の反応をどう取ったのか、再び口に含もうとする北原だったが、斑目はしっかりと髪の毛を摑んでそれを許さなかった。そして唇を歪めて笑い、咥えたタバコを指で挟んでから煙を吐く。

「相変わらず上手いじゃねぇか、龍。どこでレッスンした」

「そりゃあ、いろんな男と……。でも、斑目先生ほど俺を興奮させてくれた男は、いません
でしたよ」

「そう言ったら、俺が嬉しがると思ってんのか？」

「強情ですね。あなたを悦ばせたいんですよ。心も、躰も……」

「はっ、お断りだ」

「でも、すごく元気ですよ？」

この行為を盛り上げるために焦らしていると思っているのか。北原は目の前の育ちきった
屹立を見て、ゆっくりと瞬《まばた》きをしながら再び目を合わせる。

「龍。確かにお前は外科医としてもセックスの相手としても、テクは一流だ。テクはな」

最後の部分を強調し、吐き捨てるように言うと、北原の表情が微かに変わった。片方の目
を細めるようにして、次の言葉を待っている。

睨み合い。

タバコの煙を静かに漂わせながら、北原を見下ろして嘲笑ってやる。

「だけどな、テクがどんなに一流でも、お前と組んで俺が興奮しねぇんだよ。つまんねぇん
だ。あの純情な先生に出会ってから、他じゃあ満足できねぇ躰になっちまったんだよ」

斑目は、自分が言ったことを今まさに肌で感じていた。いくらテクニックを駆使しようが、坂下を抱く時の興奮に比べたら雲泥の差だ。

坂下を抱けるのなら、いくらオアズケされたっていい。犬のように、お許しが出るまでいつまでも待ってやる。そして、坂下をその気にさせるためなら、どんな努力もする。

セックスをするかどうかの選択権を握り、主導権を振りかざして自分本位で振る舞ってきた昔の斑目からすると、考えられないことだった。

「まだ聞きたいか？　俺はな……」

言いかけた時、廊下で物音がしたかと思うと走り去る足音が聞こえた。振り返ると、診察室のドアが数センチほど開いている。

（――しまった……っ！）

姿は見えなかったが、あれは坂下だ。

斑目は半ば放り出すように北原を退《ど》かすと、すぐにズボンのファスナーを上げて衣服を整えた。しかし、完全に閉まりきっていないドアに飛びついた時には、廊下には誰の姿もなかった。診察室から漏れる光が、待合室を微かに照らしているだけである。

「誤解されちゃいましたね」

愉しげな北原の声に、斑目はゆっくりと後ろを振り返った。微笑を湛《たた》えた男は、満足げな表情をしながら唾液で濡れた唇をペロリと舐め、前髪をかき上げて流し目を送る。

「……わざとか？」

「さぁ。どうでしょ」

北原は、ふふん、と悪戯っぽく笑ってみせるだけだった。

憎らしいくらい、鮮やかな手口だ。

してやられた。

斑目は自分の迂闊《うかつ》さに舌打ちし、坂下を探しに診療所を出た。


あれは、なんだったんだ。

坂下は闇雲に走りながら、そればかりを考えていた。どんな会話が交わされていたのかまでは聞こえなかったが頭の中にある映像は、いつまでもこびりついて離れようとはしない。ドキリとするほど、絵になっていた。美しい男を跪かせる斑目の姿。そして、自分のすべてを捧げると誓うように、跪いたまま斑目を見上げる北原。オンボロ診療所の色気のない診察室の中で、あそこだけ空気が違った。

これは嫉妬だ。

坂下には、あんな真似はできない。あんなことをしても、似合わない。

それはかりを考えてしまう。

どのくらい走っただろうか。坂下は少しずつ速度を落としていき、脚をもつれさせながらようやく立ち止まった。夢中で逃げてきたため息が上がっており、ゆっくりと息を吸って呼吸を整える。

そして、恨めしげな台詞を零した。

「自分の周りには……っ、誰もいなくなってたって、言ってたくせに……」

自分の腕に溺れ、ゲーム感覚で人の命を扱っていたと告白した時の斑目の言葉だ。あの時、斑目は確かにそう言った。

自分の周りには、誰もいなくなっていたと……。

だが、本当は違った。

北原は、きっと側にいたはずだ。斑目がどんなに心をなくしても、運命をともにしただろう。悪魔に魂を売れと言われれば、そうしたに違いない。

現に、こうして斑目ともう一度組みたいと言い、わざわざ訪ねてきたのである。しかも、突然姿を消して行方をくらましていたというのに、捜してまで追ってきた。斑目がどんな人間になろうとも、罪を一緒に背負うことになろうとも、北原には関係ないのだろう。

それほどの執着は、どこから来るのか——。

深く考えずとも、わかる気がした。たった三度の斑目の手術を見ただけの坂下ですら、あの腕を腐らせておくのは心底惜しいと思う。まともな設備と必要なだけのスタッフが揃えば、もっと高度な手術を行えるに違いない。

（くそ……っ）

坂下は、北原の技術に嫉妬していた。

研修医時代に散々聞かされた、神の手を持つ外科医の存在。本当にいるかどうかもわからないというのに、密かに憧れ、励みにもした。斑目のテクニックを見せつけられ、あの外科医と斑目が同一人物だったと知った時は信じられず、夢でも見ているようだった。

そして、初めてその技術を見せつけられた夜、興奮の収まらないうちに斑目の指で愛撫され、溺れた。あの神の手と言われる腕を持つ男の指で躰《まさぐ》を弄られて、女のように蕩けたのは言うまでもない。

今でこそ同じ街で暮らしているが、本来は世界を視野に入れた最先端の医療現場で働いていた男だ。自分とは違う世界にいるはずだった。

北原は、坂下が出会うずっと前からそんな斑目の下で学び、技術をしっかりと受け継いでいるのだ。斑目がその腕を十分に発揮するために必要な、代わりが利かない存在ともいえる。

どう足掻《あが》いても、坂下が絶対に立てない場所に北原はいる。

自分とは雲泥の差だと思い、それが何よりも辛い。

「——先生っ！」

「……っ！」

自分を呼ぶ声に、坂下は跳ねるように振り返った。斑目の姿が目に飛び込んできて、考える前に再び走り出す。

今は、言葉を交わす気にはなれない。

「待てよ、先生っ」

背後から斑目の声が聞こえてくるが、いったん逃げ出すと自分を止められなかった。ただ逃げたくて、見えないくらい小さくなって身を隠したいくらいだ。

しかし、そんな願いが叶《かな》うはずもなく、いとも簡単に追いつかれてしまう。

「おい、待てって！」

「く……っ！」

腕と肩を摑まれ、無理やり振り向かされたが、どうしても斑目の顔を見ることができなかった。いや、嫉妬に狂った自分の顔を見られたくなかったのかもしれない。

「——放してください！」

「先生。勘違いするなよ」

「別に勘違いなんてしてませんから！　邪魔してすみませんね！」

「してるだろうが。俺の話を聞け。こら、暴れるな！」

なんとか斑目の腕から逃れようともがくが、両手首をしっかりと摑まれてしまう。振りほどこうとしても、常に肉体労働で躰を鍛えている男の前では、坂下の抵抗など子供のそれと変わりない。

力の差を感じ、坂下は唇を強く嚙んだ。

こんな時に、男としての差なんて見せつけられたくない。

男臭い斑目の色気を見せられるほどに、胸が苦しくなる。隙を見て逃れようとするが、さらに強く手首を握り締められ、痛みに顔をしかめた。びくともしない。

どう暴れても力では敵わないと思い知らされ、坂下は徐々に手から力を抜いていった。それでも斑目はすぐには放そうとはせず、黙ったまま坂下を無言で見下ろすだけだ。

気まずかった。

暴れたせいか息が上がっていて、坂下はそっぽを向いて黙りこくる。すると斑目は、仕方のない奴だとばかりに溜め息をついてみせた。そんな態度に、自分が子供じみた嫉妬心でいっぱいになっていることを思い知らされる。

「……放して、くださいよ」

わざと冷静な言い方をした。しかし、怒っていることは斑目にも伝わっているだろう。

怒る権利もないというのに、こんな態度を取っている自分が滑稽《こっけい》でならない。

斑目は少し迷った素振りを見せたが、「逃げるなよ……」と言いたげに、坂下の腕を摑んだ手からゆっくりと力を抜いていった。

「見たんだろう?」

「何をです?」

「——先生」

「なんです?」

冷静に話をしようとしているのがわかるが、刺々《とげとげ》しい言い方になってしまうのを、どうすることもできない。

「見たんだろう?」

「だから、何をです?」

「龍が俺のをしゃぶってるところをだよ」

はっきりと口にされたせいか、覗き見た診察室の光景が鮮明に蘇ってきて、カッと頭に血が上った。

「なぁ、先生。誤解なんだから、俺の話を……」

シュ……ッ、と拳が空を切った。

次の瞬間、坂下の拳が斑目の顔面にクリーンヒットする。

「——ぐ……っ」

尻もちこそつかなかったが、斑目は数歩後ろによろけた。

「この節操なしっ！　山浦さんが大変だっていうのに、よくもあんなことをやってられますね！　鬼畜！　人でなし！」

そう怒鳴りつけると、呆然と立っている斑目の鳩尾《みぞおち》に一発叩き込んでやり、その場から逃げた。振り返ると、腹を押さえてうずくまっているのが見えるが、戻ってやるつもりはない。

心底怒っていた。こんな時に何をしているんだと、腹を立てていた。

しかし、すっきりするどころか、坂下の心はさらにもやもやでいっぱいになっていた。山浦のことを引き合いに出した自分に、心底愛想を尽かしている。

違う——走りながら繰り返すのは、そんな言葉だ。

愛してるだの股間が疼くなど言って口説いておきながら、昔の恋人とよろしくやっていたことが面白くないのだと、坂下は気づいてしまっていた。

酒とタバコと食べ物の匂いが、辺りに立ち籠めていた。空気は悪く、視界全体がうっすらと曇っているように見える。

決して清潔とは言えないカウンターと、コンクリートの床。蛍光灯が剝き出しになった年代物の照明器具は、タバコのヤニなどがこびりついているのか、黄色く汚れている。

「ねぇ、先生。大丈夫っすか?」

角打ちの片隅で、坂下は双葉と並んで安酒を飲んでいた。

あれから坂下は、診療所に帰る気にならず、顔見知りのホームレスに頼んで一晩段ボールの住まいに泊めてもらった。いつも坂下の世話になっている連中は、快く食べ物を分けてくれ、できるだけきれいな場所で寝ろと、洗いたてのタオルまで貸してくれた。

人の優しさが身に染みる。

翌朝になると、診療所を訪れる患者のことを考えていったん戻ったが、診察時間が過ぎるとすぐに診療所を出て山浦のところに行き、なるべく斑目と会わないようにしていた。

半分家出のような状態が続いているのは、斑目と話をしたくなかったからだ。診察室でのことを責めているわけではなく、まだ気持ちが混乱していて、斑目の顔を見るとまた変なことを口走ってしまいそうだからだ。

しかし意外にも斑目は顔を見せず、そのせいかここ数日ずっと気分が滅入《めい》っており、タバコを咥えたままだらだらとした態度でそれを灰にしていた。

「先生ってば」

「……大丈夫です。多分」

声には張りがなく、相変わらず寝癖のついた髪の毛が、あっち向きこっち向きしている。

アルコールで微かに目許が赤くなっており、虚《うつ》ろな目で考え事をしている姿はどこかアンニュイで、犯された後のような雰囲気すら漂わせている。ここがガラの悪いオヤジ連中が集う小汚い店でなければ、そのテの男の一人や二人は声をかけてくるだろう。

「山浦さんは？」

坂下は、黙って首を横に振るしかなかった。

山浦の麻痺は右半分、とくに腕に強く残ってしまっていた。歩けるのは救いだったが、指が思うように曲がらず、物を摑むことができない。これでは、日雇いの仕事なんて見つかるはずがない。この状態でどうやって食べていけというのかと思うと、坂下もどうしていいのかわからず、現実に打ちのめされそうだった。

励ますことしかできないのが辛いが、せめて山浦の前では前向きでいようと、明るく振舞っている。

だが、それもあまり効果があるとは思えなかった。

「山浦さん、自棄《やけ》になってなきゃいいけど……」

「どんな感じなんっすか？」

「どうなんだろ。『根気よくリハビリを続けましょう』って言ったんですが、覇気がないというか、諦めきっているというか」

それは昨日、坂下が山浦の病室を訪れた時のことだった。

街の連中が少しずつカンパしてくれた金を封筒に入れ、山浦に渡したのだ。みんなの気持ちを無駄にするからこれだけは昌一にやるなと言うと、ベッドに横になった山浦は、ぼんやりと天井を眺めながら力なく笑った。

『懲りん先生やな』

その姿は、余命を言い渡されて生きることを諦めた人間のようで、まったく力が感じられなかった。死にいたる病が『絶望』だと言ったのは、どこの哲学者だったか。

山浦はまさに、生きる望みを捨てた人間の目をしていた。医者だからわかる。死を宣告された患者の中には、山浦と同じ目をして死んでいった人間もいた。

ほんの数週間前までは、他の連中と同じように馬鹿をやったりしていたというのに、ラブレターの代筆を頼みに来た山浦にゲンコツを叩き込んで叱りつけた日が、何年も前のできごとのように感じる。

「そうなんですか」

「結局、俺はなんの力にもなれなかった。本当は、あの人の言うことが正しいんじゃないかっていう思いもあるんです」

「あの人って、龍って人のことっすか？」

「ええ」

年下の双葉に泣き事を聞いてもらう自分を情けなく思うが、誰かに言わなければどうにかなりそうだった。

今は、取り繕う気にもなれない。

「山浦さんの手術をして、痛感したんです。斑目さんとあの人の連携はすごかった。俺なんか、入り込む隙もないくらいでしたから。事実、山浦さんが助かったのは、斑目さんの医者としての桁外《けたはず》れに優れた技術と、それを十分に引き出せるあの人のフォローがあったからですよ。斑目さんがどうしたいかって話をしてるんじゃないんです。事実は事実だって、認めないと」

言いながら、再びあの時のことが脳裏に蘇る。

本当に、文句のつけどころのない手術だった。

「あれほどの手術ができるんです。そりゃあ、斑目さんを迎えに来たくもなりますよ。前に、斑目さんが医者をやめた理由を聞いた時、ゲーム感覚で手術を愉しんでいた自分の周りには、誰もいなくなったって言ってたんですけど、あの龍って人は、きっと斑目さんがどんなに心をなくしても、きっと側にいたはずなんです」

はぁ、と溜め息をつき、安酒を呷《あお》って深く項垂れる坂下を見て双葉がクスリと笑う。ここは笑うところではないと顔を上げると、優しく見下ろされた。

「先生、目が腐ってるよ」

双葉は、カウンターに並んだ大皿の中から、切干大根とレバーの龍田揚げを皿に取り分けた。絡まって団子状になった切干大根を箸《はし》で器用に解き、少しだけ口に運ぶ。

ここの料理の味つけは、かなり濃い。肉体労働をする人間に薄味の健康食なんて出したら、街の連中は皿の一つくらいひっくり返すだろう。高血圧や動脈硬化の生活習慣病になるからと、塩分は控えろと口を酸っぱくして言うが、誰も坂下の言うことなど聞きやしない。

双葉が旨そうに酒を呷るのをじっと見る。

「ねぇ、先生」

「……はい」

「たとえ、あの龍って人が斑目さんを一人にしなくても、斑目さんが側にいて欲しいと望んでないなら、一人と一緒だ。斑目さんにとっての事実は、斑目さんがこの街にいたいってことだけっすよ。お節介で世間知らずの先生がいて、どうしようもない酒浸りの連中がいて、自由があって……。見なくちゃいけないのは、そこだ。先生も、斑目さんに行って欲しくないんでしょ?」

双葉に聞かれたことを、自分の中でもう一度反芻《はんすう》する。

自分は、斑目に行って欲しくないのか。

そうだ。行って欲しくない。

嫉妬や怒りなど、渦巻く感情をすべて拭い去ると、そこにあるのはそんなシンプルな気持ちだった。この街に来た頃から診療所に入り浸り、くだらない下ネタを口にする男で、しかも自分を口説《くど》く最低で最悪で、神の手を持つエロオヤジ。

だが、そんな斑目がいてくれたからこそ、乗り越えられたことがたくさんある。

「先生さ、頑張りすぎっすよ。だからマイナス思考になるんじゃないっすか?」

「別にマイナス思考になんて……」

「斑目さんも、結構へこんでるっすよー。フェラチオ見られたって」

「!」

大量の空気ごと酒を胃に流し込んでしまい、坂下は「うぐ……っ」と妙な声をあげた。双葉の顔を盗み見ると、なんでも知ってますよとばかりに笑っている。

「逃げ回ってるそうじゃないですか」

「そ、そんなことないですよ。斑目さんが顔出さないだけです」

坂下が一番拘っているのは、そこなのかもしれなかった。

あれが誤解なら、言い訳くらいしに来るはずだというのに、斑目は一向に現れない。いきなり殴ったことを怒っているのかと思ったが、それならそれでいいなんて、すっかり意固地になっていた。

結局、拗ねているだけだ。

「別に、斑目さんがあの人に何されようが関係ないです。でも、あそこは俺の診療所ですから、いかがわしいことをするなら他でやって欲しいですね」

この期に及んでわざと冷たく吐き捨てるが、双葉には坂下の気持ちはお見通しのようだった。本気で取り合ってはくれない。

「でもさー、先生。龍って人が、どんなに画策が上手くても、相手は斑目さんっすよ？　普通に考えたら、昔の男の一人や二人、追い返すなんて朝飯前ですよ。それをしない理由、わかります？」

「お、追い返したくないんじゃないですか？」

我ながら、幼稚な反応だと呆れ返ってしまう。双葉もククッ、と喉の奥で笑い、肩を震わせた。言うんじゃなかった……、と赤面したまま、なるべく双葉の顔を見ないように、酒の入ったコップに手を伸ばす。

「素直じゃないっすねー。じゃあ、もう一つ教えてあげますよ。実は、口止めされてるんっすけど……。弱み、握られてるんっすよねー」

「え……」

坂下は、口に運びかけたコップを再びカウンターに置いた。双葉を見ると、表情が一変している。言われずとも、重要な話をしようとしているのがわかった。

にわかに、緊張が全身を走る。

「先生。ヤバイ橋、渡ったことありますよね？」

「──っ！」

「先生のばーちゃんの手術は、まだいいんっすよ。金動いてないし、今さら証明のしようがない。でも、先生が高い報酬を貰って請け負ったやつ。あれ、たれ込まれるとヤバいかもしんないって。特にあの龍って人は、いろんなところにコネがあるから、診療所をつぶそうと思えばいくらでも手はある。そうされたくなければってね、言われてるらしいっすよ」

知らなかった。斑目がそんなことで、北原に脅迫めいたことを言われているなんて想像だにしておらず、今の今までなんの疑いも持たなかった自分が、心底腹立たしい。

「斑目さんね、先生が大事にしてる診療所を守りたいんだって。だから、慎重にコトを運んでるんだと思います。——あ、俺が言ったたって内緒っすよ？」

坂下は、無意識のうちにカウンターの上で拳を握り締めていた。ふざけたことを言って喜ぶ普段の斑目を想像し、時折見せる真剣な表情を記憶の中から掘り起こす。

(斑目さん……)

坂下が心の中でそう呼んだ時、慌ただしい足音がして店の扉がガラッと開いた。

「先生っ！　いるかっ？　大変や！」

飛び込んできたのは、診療所の常連だった。血相を変え、息を切らしている。

「どうしたんですか？」

「し、診療所で斑目の奴が、あの大学病院の先生と……っ」

「……っ」

坂下たちは、すぐに支払いをしてから店を飛び出した。十分ほどで到着し、診察室の明かりがついているのに気づいて中に飛び込む。

目の前の光景に、坂下は息を呑んだ。

「斑目さんっ、何をしてるんですっ！」

「先生、邪魔するな。俺はこいつと話をしてるんだよ」

斑目は、人質でも取ったかのように顔の横で利き手にメスをあてがっていた。鋭い刃は、海を泳ぐ魚が躰を翻す時に光を反射させるのと同じように、蛍光灯の下で時折白く光って見える。

いつも余裕の態度で構えている北原が、激しく動揺していた。

「待って、ください。斑目先生」

「なぁ、龍。お前に、俺の腕をくれてやるつもりはねぇんだよ」

「……ふざけた真似は、……やめて、ください。大事な手を……そんなふうに……、お願い、ですから……」

「じゃあ、俺を諦めるか？」

「それは無理です……っ、俺は、あなたを連れて帰る！」

なんという執着だろう。ここまでしても、北原は諦めるとは言わなかった。あくまで、自分の欲望を貫こうとしている。

「平行線だな、龍」

「――斑目先生っ！」

次の瞬間。悲鳴にも似た北原の声が響いた。

(嘘……っ)

坂下はその光景を、呆然と立ち尽くしたまま見ていることしかできなかった。

メスが、斑目の利き手に深くめり込んでいく。

突き刺すなんてものではなかった。武士が切腹をするように、一度深々と差し込んだメスを動かし、えぐるように引き裂いていく。

瞬く間に溢れ出した血が床に滴り落ち、手もズボンも真っ赤に染まった。カシャン、と小さな音を立ててメスが床に落ちる。

「――っく……っ！」

斑目がよろめいたかと思うと、痛みに汗を滲ませながら顔をしかめた。そして、さらに数歩下がり、坂下の机に寄りかかって躰を預ける。

「これで、お前が欲しいもんはなくなった。どうだ？　これでも俺とまだ組みたいか？」

「な、なんてことを……っ！　手が……、手がっ！」

半狂乱の北原が、頭を抱えながら後退りをした。目の前の現実を信じたくないと、信じられないと言いたげに、首を左右に振っている。まるで、壊れた人形のようだ。

そして、痛みを堪える荒い息遣いが耳に飛び込んできた時、坂下はようやくハッと我に返り、急いで斑目に駆け寄った。

「何をしてるんです！　こんなくだらないこと……っ、医者のくせに……っ！」

「……いいんだよ、先生。……こうする以外、こいつから、逃れることは……、できねぇんだ」

「いいもんですか！」

坂下は斑目を座らせ、手が心臓より高い位置にくる姿勢を保たせると、棚の中にある清潔なタオルと包帯を取りに行った。

「邪魔です、どいてください」

「血が……、血が……っ。そんな……っ、嘘だっ。嘘だ……っ」

いつまでもうろたえている北原に正気を取り戻してもらおうと、平手打ちを一発お見舞いする。

「そんなところに突っ立ってられると邪魔なんです！　止血は俺がしますから、早く救急車を……っ」

「ダメだ。救急車なんて呼んでも……っ、俺は、乗らねぇぞ」

「斑目さんっ！　何馬鹿なことを言ってるんです！」

「いいんだよ。こんな手があるから、こいつは俺に執着するんだろうが」

信じられなかった。

手には重要な血管や神経、腱《けん》が集中しているためにその構造は複雑で、腱や神経を切断していたとすれば、ここでの手術で元通りにするのは不可能だ。血管一つとっても、直径約一ミリと細く、手術用の顕微鏡や十七ミクロン程度の極細の糸を使わなければならない。

幸い、メスのような鋭利な刃物での傷は切断面が鋭く、設備の整った病院で神経縫合術を行えば再生することは十分可能だ。それなのに、チャンスをみすみす逃すというのか。

「救急車呼んでも、俺はまた同じことをするぞ」

ふてぶてしく言う斑目からは、固い決意が窺えた。

この男は、北原が諦めるまで何度だって自分の手を傷つけるだろう。

「わかりました。でも、治療はしますよ。俺は酒を飲んでますから、北原さん。あなたがやってください」

「嫌だ……っ、俺に、神の手を縫えって？　そんなこと、できるもんか！」

「なんのために斑目さんから技術を学んだんですっ？　できるでしょう！」

「できないものはできないっ！　まともな設備もないのに、できるもんかっ」

北原は、使えそうになかった。目の前であんなことをされては、動揺もするだろう。しかも、ずっと欲しがっていた神の手をダメにされたのである。精神的ショックを考えると、いくら優秀な外科医とはいえ、この場を北原に任せるのは必ずしも賢明な選択とも思えなかった。

「傷を見ます。双葉さん。ちょっと手伝ってください」

坂下は覚悟をした。

この決断が正しいかどうかはわからなかったが、やると決めたからには、少しの迷いも捨てるべきだと覚悟を決める。

もともとほろ酔い程度しかしておらず、もう随分と冷めているが、念のために頭から冷水を被《かぶ》ってから水滴が落ちないようタオルを巻いた。そしてすぐに、斑目と向かい合う。

「縫い目が多少荒くても、文句言わないでくださいね」

貧血気味で青ざめた斑目にそう言い、さっそく治療に取りかかる。

「双葉さん、傷を洗いますから、これ持っててもらえますか」

「はい」

「ガーゼも。いる時は言いますから、これで挟んで渡してください」

「了解」

傷は、かなり深かった。しかし、問診しながら傷を診ていくうちに、自分が夢でも見ているのではないかという思いでいっぱいになる。

麻酔をかける前に神経がちゃんと生きているか確認したが、どうやら無事なようだ。腱も傷つけられることなく、避けるようにメスが入っている。血液の流れが止まると細胞が壊死《えし》するため、血管を再建しなければならないが、それも必要なかった。

損傷した血管を縛るだけでいいだろうと、即座に処置法を決定する。

信じられなかった。

これが、神の手。

神の手を持つ男には、痛みに耐えながら自らの手を切りつけてもなお、こんな芸当ができるのだ。一歩間違えば、手が動かなくなっていたというのに、よくこんなことができたなと思う。

斑目をチラリと見ると、黙って見つめ返してきた。

やはり、偶然ではないらしい。

一か八かのギャンブルだったのかもしれないが、それでも結果的に神懸かり的な芸当をやってのけたのだ、斑目は。

（まったく、なんてことをするんだ……）

腹立たしくてならないが、今はそんなことを考えている場合ではないと集中する。

神の手を持つ外科医と言われた男の見ている前で、自分の技術を披露しなければならないこの状況は、今の坂下にとって辛い作業であることは間違いなかった。

坂下とて人間だ。

北原と比べると、自分の未熟な技術などお粗末だと思われるかもしれないなんて考えてしまうのは、仕方のないことだ。だが、それでもいい。

未熟さを晒そうが、今は斑目が患者で坂下が医者だ。

静かな空気に、双葉に指示する坂下の声と器具を置く音などが、時折カチャカチャと漏れていた。この部屋全体に、坂下の集中が溶け込んでいるようだった。

最後の一針を縫い終えると、坂下はホッと息をついた。自然に時計に目が行き、つい時間を確認してしまう。縫合開始から、約四十分。

決して速いとはいえない時間だ。

酒が多少入っているのも影響しているのだが、坂下にとってそれは言い訳でしかない。

それでも、無事に縫合手術は終わった。腱も神経も無事だ。しばらくはまともに物を摑めないだろうが、傷が塞がれば元のように動かすことはできる。

やろうと思えば、手術も今まで通りにできるだろう。

「終わりましたよ」

坂下はそう言うと、静かに器具を置いた。


すでに、時計は夜中の二時過ぎを差していた。

あれから坂下は、放心したままの北原を待合室の椅子に座らせ、斑目の血で汚れた診察室の床を拭いてきれいにした。そして双葉を先に帰らせ、斑目に二階の部屋で休むように言った。

一段落すると、少しは落ち着くかもしれないと北原のためにお茶を淹《い》れ、目の前に差し出してやる。

力なく項垂れたまま座っていた北原はそれに気づくと、ぼんやりとしたままそれを受け取り、口に運んだ。

やつれて見えるのは、光の加減だろうか。少し乱れた髪の毛が、顔に陰を落としている。

「もう落ち着きました？」

隣に座り、熱いお茶をゆっくりと流し込んだ。神経が高ぶっていたのか、今はどっと疲れがのしかかっている。こんな時の緑茶は、本当に美味しい。

「北原さん？」

何度か呼びかけても、北原はじっと床を眺めているだけで、まったく反応しない。そんなにショックだったのかと思うと、少し可哀相な気がした。自分なんかがここにいても北原は喜ばないだろうと思ったが、それでも話ができるくらいになるまでは、側についていてやろうと思う。

坂下は、黙って茶を啜《すす》り続けた。

「ねぇ。あなたは、平気なんですか？」

不意に、北原が口を開いた。視線はまだ床に注がれているが、会話ができるほどには自分を取り戻したようだ。少しだけ安心する。

「何がです?」

「斑目先生の手が、あんなふうになっても平気なんですかって、聞いてるんです」

北原は怒っているようでもあり、虚無感に囚われているようでもあった。いつも自信に満ち溢れ、余裕で構えていたというのに、同じ人間とは思えない。

いつまでも斑目の手にこだわりを持ち続ける男に、坂下は多少の怒りを感じていた。

「たとえ両手を失ったとしても、斑目さんは斑目さんです」

ガタッ、と音を立てて、北原は立ち上がった。渡した湯呑《ゆのみ》が落ち、床をお茶で濡らしながらクルクルと回転して壁まで転がる。せっかく淹れたのに……、と軽く溜め息をついてそれを取りに行くと、北原にはその態度が癇に障ったらしい。

いきなり感情的になって、声を張りあげる。

「あなたはっ、斑目先生の技術を惜しいと思わないんですかっ!　神の手と言われたほどのものですよ!　それが……っ、それが……、目の前で……っ」

再び取り乱す北原を、冷めた目で見ていた。

この男は、斑目の何を見ているんだろうと思う。

外科医としての技術。セックスの相性。それらはすべて、北原を満足させるためのものでしかない。あまりに幼稚で自己中心的な愛だ。

そんなふうにしか、人を愛せない北原を哀れに思う。

「確かに、惜しいとは思います。でも、斑目さんの価値が下がることはない。そんなことで、人間の価値が決まるとも思ってないですから」

「嘘をつくな！」

「嘘じゃありません。求めるだけだなんて、虚しいですよ」

「求めるだけ？　はっ、それは君じゃないか！　なんの取り柄もない診療所の医者と、斑目先生の技術を受け継いだ俺とじゃあ、どっちが斑目先生に与えられるものが多いと思ってるんですか」

「でも、斑目さんはあなたが与えようとしているものを拒んだ」

ハッとした顔をする北原を、坂下は下から見上げた。騙せるか……、と相手の表情から心の動きを探りながら賭《か》けに出る。

「もう、斑目さんは一生メスなんて握れないでしょうね」

「──っ」

「あなたも見たでしょう？　あれだけのケガを負ったんですよ。しかも、こんな設備もない診療所です。傷口を縫い合わせるだけで精一杯だった。生憎《あいにく》、俺はあなたのような、飛び抜けた技術は持ってませんから」

「なんてことだ……。君みたいなヤブ医者に、任せるんじゃなかった！」

頭を抱える北原からは、少しの疑いも感じられなかった。坂下の言葉を、完全に信じ込んでいる。まさか、後遺症を残さずにあれだけ深く傷つけられるとは、思っていなかったのだろう。医者ならなおさら、斑目がしたことがどんなに非現実的なのかわかるはずだ。

実際に傷を治療した坂下でも、いまだに信じられないくらいなのだから……。

「ヤブですみませんね」

「すみませんで済むもんか。君はよく平気でそんな顔を……っ」

恨みや憎悪が、自分に向けられているのがわかった。それも当然だ。北原がずっと欲しかったものを、奪おうとしているのだ。

だが、いくら恨みを買おうが譲れない。

「メスが握れない斑目さんは、あなたにとってなんなんですか？」

「……なんです、急に」

「言ってる意味がわかりませんか？　どうして斑目さんが、あなたが与えようとしているものを拒むのか、教えてあげますよ」

「何を偉そうに……」

「――あなたの愛し方が、間違ってるからです」

この時ばかりは、手加減しなかった。可哀相な男だと思ったが、それでもこれだけは言っておきたかった。

「あなたは斑目さんそのものを見てない。斑目さんの医者としての技術やセックスの相性ばかり見てる。もし、斑目さんクラスの技術を持っていて、あなたをベッドで満足させられる人がいたら、その人でもいいんじゃないですか？」

きっと図星だ。

北原の表情からそれが読み取れるだけに、最後は容赦なく嘘を口にできた。

「どちらにしろ、あなたが欲しがってた伝説の外科医である斑目幸司は、もうここにはいないんです。この世のどこにもね。いるのは、ごく普通の日雇い労働者ですよ」

坂下の言葉に、北原はしばらく深く項垂れていたが、肩が小さく上下する。

「ははっ、ははは……、あははははは……」

北原は、いきなり顔を上げて笑い始めた。腹を抱えるようにして天井を仰ぎ、涙を滲ませながら笑い続ける。それをなんとも言えない気持ちで見ていると、声に気づいたのか、二階で休んでいた斑目が下りてくる。

手の包帯が痛々しい。

「斑目さん……」

斑目は、黙って北原を見つめていた。笑い声がぴたりとやんだかと思うと、自分に注がれる視線に気づいたのか、北原はゆっくりと階段の方へ目をやった。

しかし、言葉を発しようとはせず、斑目の手に巻かれた包帯をじっと見て寂しそうな顔をする。そして、諦めきった声でこう言った。

「……帰ります」

「もう電車もバスも、止まってますよ」

「タクシーを呼びますから。ほっといてください」

トボトボと歩いてく背中に何か声をかけようと思ったが、どんな慰めも無駄な気がして、この男に嘘をつき、落胆させているのは自分なんだと思いながら黙って見送る。

「――龍」

斑目が声をかけると、北原は足を止めてゆっくりと振り返った。

「もう、二度と来るなよ」

念を押すような言葉に、北原は寂しげに笑った。そして包帯の巻かれた手を見て、再び斑目と目を合わせる。

「……来ませんよ」

それだけ言うと、北原は静かに診療所を出ていった。

手の包帯を取ると、傷が姿を現した。随分といいが縫い目はまだ痛々しく、数ミリ間隔で糸が肌に埋もれている様子は、グロテスクでもある。

「まだ、怒ってるんですからね」

あれから三日。坂下は診察時間を過ぎてからやってきた斑目の包帯を替えていた。時間外でも患者が来ればすぐに診察室に通してしまうのは、何も斑目相手に限ったことではない。

「まったく。医者のくせに、自分で自分を傷つけるなんて愚かなことをして」

「悪かったよ。あれしか思いつかなかったんだ。追いつめられてた。反省してるよ」

めずらしく真面目な顔で謝罪され、これ以上小言を言う気にはなれなくなった。

斑目が追いつめられるなんて、めずらしいことだ。それほど、あの北原という男が手強かったということだろう。しかし、その原因は自分にもあると思うと、斑目一人を責めてばかりもいられない。

「でも、もともとは俺のせいなんですよね。……すみません」

包帯を替え終えた坂下は、軽く溜め息をついて両手を膝の上にのせた。

北原を騙したことも、本当によかったのだろうかと疑問が残る。ちゃんと納得させて自ら引き下がるようにしてやるのが自分のすべきことだったのではと、この三日間ずっと考えていた。

「龍の奴に嘘をついたことが、そんなに後ろめたいか？」

「え……？」

「顔見りゃ何考えてるか、大体わかるよ。先生みたいな正直者に、あんな嘘をつかせたのは俺だからな」

「そんな……」

「でも、おかげで助かったよ。俺がここにいられるのは、先生のおかげだ」

斑目の言葉に、坂下はようやくこれでよかったんだと自分を納得させることができた。

斑目が今ここにいられるのは、北原を騙すことができたからだ。それなら、この罪を抱えてもいいと思えてくる。

斑目が連れていかれなくて、本当によかった。

今は心の底から、そう思う。

「なぁ、先生。今日も出かけるのか？」

「え……？」

「山浦のところだよ。毎日行ってんだろう？」

坂下は黙って頷いてから、立ち上がって器具を片づけ始めた。

山浦の方は、気力的にも随分回復したが、それでもまだ完全とはいえない。昌一とも連絡は取れていないし、どこにいるのかもわからなかった。

長い時間をかけて、少しずつ解決していくしかない。

「俺にできることなんて、身の周りの世話をするくらいしかないですからね」

「なんでそんなに他人のことに必死になれるんだ？」

「別に、趣味みたいなもんですよ。どうせ自己満足ですから」

「俺には冷たいくせによ……」

斑目はそう言うなり、坂下を追い込むように背後から近づいてきて、机の上に手を置いた。驚いて振り返ると、すぐ近くに斑目の顔がある。少し厚めの男らしい唇に、心臓が大きく跳ねた。まだ抜糸も済ませていないと油断をしていたが、この男を前にしたら、それが命取りになると、今気づかされた。

「ちょ……っ、なんですか」

逃れようと顔を背けるが、逃げ道を完全に塞がれてしまっている。

「一晩くらい、山浦のことは忘れろ。先生は、他人のことばっかり考えすぎなんだよ」

こめかみに唇を押し当てられ、ピクリとなった。指で手首をなぞられ、ゾクゾクとしたものが表皮を這い回る。

こんな触れ方をされたら、自分を保てない。

「先生。たまってんじゃねぇのか？」

「……っ」

「このところ、自分でいじってる暇なんてなかっただろうが」

「ま、斑目さんには……っ、か、関係、ない……です」

そう言うが、本当は斑目の言う通りだった。

いつもくたくたで、風呂から上がると即布団に沈んでしまうのだ。そういう気分にならないこともないが、たとえそうなったとしても、疲れが一人遊びを邪魔してしまう。

時々、自分がすっかり性欲の涸《か》れた老人になったのではと心配になってくるのだが、こうして斑目に迫られるとそんなことが嘘のように、躰は坂下の理性を振りきり、暴走を始めようとする。

「傷、まだ完全に……っ、治って、ないんですから……。安静に、してくださいよ」

「じゃあ、先生がリードしてくれよ」

「そんな……」

「右手がこんなだからな。先生のことを考えながら、一人遊びに興じることもできなかったんだよ。もう、爆発しそうだ」

耳元で囁かれ、斑目が放つ誘惑の香りに目眩を起こしそうになる。

「ば、爆発なんて……大袈裟《おおげさ》なこと……っ。まだ三日じゃ、ないですか」

「『まだ』じゃなくて、『もう』だよ。俺は、頭の中で毎日先生を犯してるからな。一日でもやらねぇと、愚息が疼いてしょうがねぇんだ」

「か、勝手に使うの、やめてください」

「それは聞けねぇな。俺がところ構わず先生を襲わないのは、毎日先生を想像しながら抜いてるからだよ」

「今だって、十分ところ構わず、じゃ……ないですか……」

「そうか？　これでも我慢してる方なんだぞ。禁欲生活が続いたら、たとえ外で診察中でも、先生のズボンを引っぺがして突っ込んでるよ」

やはり、斑目には何を言っても無駄だった。マイペースで傍若無人。欲望を隠すどころか、堂々と晒してみせる。

だが、そんなところがこの男の魅力であることも、坂下は知っていた。変な小細工など一切しない。やりたいと思った時は、あますところなく自分の魅力を見せつけて迫ってくる。

「じゃあ先生。左手でやってみるから、見ててくれよ」

「ま、待ってください……っ」

止めようとするが、斑目はズボンのファスナーを下ろして一人遊びを始めてしまった。坂下をじっと見ながら、見せつけるように屹立した自分を扱く。あまりに堂々と、恥ずかしげもなくやられると、見ている方が照れてしまってどうしようもない。

しかし同時に、坂下は斑目が放つフェロモンにあてられて気分が高まってきていた。

「左手だとな、しっくりいかねぇんだ。先生、手伝ってくれ」

「そ、んな……」

「な、先生。頼むよ」

しゃがれ声で甘えられ、坂下はおずおずと斑目のそこに手を伸ばした。

どうして、言いなりになってしまうのか――。

いつも思うが、斑目の声はセクシーでその気にさせられる。甘えられると、ついほだされてしまうのだ。この男の頭の中で自分がどんなことをされているのかと思うと、恥ずかしくなるのと同時に愛されていることが、嬉しくなる。

「しようか?」

斑目は、機嫌を損ねた女にするように、坂下の唇の横にそっと口づけた。まだ怒っているなら、さらに言葉を尽くしてご機嫌を取り、もう怒っていないなら、このままセックスに持ち込もうとしている。

ずるい男だ。

「ん、……ぅん、……っ、……んぁ」

唇でそっと触れるだけのキスは、次第に濃厚なものになっていき、坂下も斑目を求めてしまっていた。舌を絡め合い、時折唇を嚙んでは唾液を交換するように相手の舌を吸う。

「ぁ……」

不意に唇を放され、坂下は閉じていた目をうっすらと開いた。男らしい鼻梁《びりょう》をした斑目の顔。もう、どうにでもしてくれという気分になる。

「先生、もしかして、あいつのことを下の名前で呼んでたのに、嫉妬したのか？」

「それは……」

「――晴紀」

「……っ」

坂下は、耳まで赤くなった。下の名前を呼ばれたのなんて、初めてだ。

「俺は『先生』の方がそそるんだが……。今日は俺が『先生』になろうか？」

「あの……」

「斑目先生って、言ってみてくれよ」

「ぁ……」

ズボンの上から後ろを探られ、坂下は斑目の首に腕を回した。膝を膝で割られ、斑目の硬さを押しつけられる。

ダメだ。欲しくてたまらない。

「斑目さん……」

「違う、先生だよ」

ほら、言ってみろ……、と急かされ、坂下は少し迷ってからその言葉を繰り返した。

「斑目、先生……」

さすがに顔を見られながら言うことができず、ぎゅっと抱きついて耳元で囁いただけだったが、斑目にはそれがよかったらしい。

さも嬉しそうな声で、熱く囁く。

「それ、そそるなぁ」

「……斑目先生」

「晴紀」

「あっ」

白衣を脱がされたかと思うと、斑目は自分がそれを羽織ってみせた。斑目には少しサイズが小さいが、前を開けていれば問題なく着られる。

前に見た時も思ったが、斑目は意外に白衣が似合う。いかにも医者という格好に、欲情せずにはいられない。

とろんとした目で見つめていると、斑目は坂下の頭に手をやり、跪くようそっと下に誘導した。強制ではなく、坂下の意思を尊重しながらも、自分がしてもらいたいことを訴えている。

(斑目、さ……)

いつも強引に迫ってくる斑目だが、今日ばかりは違った。自分がしてもらう方だからか、坂下が拒めばすぐに引き下がってくれるだろうとわかる。

そう思うと逆に奉仕したくなり、促されるまま床に膝をつき、屹立に舌を這わせた。隆々と怒張したそれに、男である自分が、これから同じ男に抱かれようとしているのだと思い知らされる。

自ら進んで、身を差し出しているのだと……。

「……晴紀」

下手だということは、自分でもわかっていた。きっと北原のテクニックには、敵わないだろう。それなのに、斑目を悦ばせたくて愛情を籠めて愛撫した。

まさか本当に坂下が応じるとは思っていなかったのか、斑目は上がる息を抑えながら静かに言う。

「まさか、俺のを……しゃぶってくれるなんてな」

自分の頭を撫でる斑目の手に、愛情を感じた。この男をもっと悦ばせたいという欲求に突き動かされ、さらに舌を這わせる。そのためなら、どんなはしたない姿を見られたっていい。なぜか服従したくなる。

斑目が白衣を着ているのも、そんな思いに拍車をかけていた。斑目先生……、と心の中で呟《つぶや》いて、できる限りいやらしく舌を使う。

「サービスよすぎだ」

苦笑する斑目に、こんなに色っぽい男が他にいるだろうかと思った。目許に興奮の証を浮かべた斑目が、じっと自分のことを見ているのがわかる。

う。
見られている。
そんな思いが、坂下をますます淫らな気持ちにさせていた。
はしたなく男にむしゃぶりついている姿を、斑目はどんな思いで見ているのだろうかと思
「もう、すぐにでも……イっちまい、そうだ。……っ、……なんで、今日は……っ、そんな
に、……素直なんだ？」
斑目はそう言うなり、坂下を宥めるように口からそっと怒張したものを引き抜いた。夢中
でむしゃぶりついていた坂下は、まるで舐めねぶっていた飴《あめ》を取られた子供のような気持ち
で、斑目の屹立を眺めてしまう。
まだ、しゃぶり足りない。
「もう限界だよ」
二の腕を掴まれて立ち上がると、ズボンの上から股間の物を確かめられる。坂下の中心は、
下着の中で張りつめていた。
「俺のをしゃぶって感じたのか？」
「……っ、……ぁ」
そうだ。その通りだ。
斑目に奉仕しているという行為に、感じた。もっと奉仕したい。しゃぶっていたい。

好きな相手に服従し、奉仕することがこんなにも欲情をそそられるものなのかと、驚きを覚えずにはいられなかった。

メガネを外されると、斑目がそれを白衣のポケットに入れるのを坂下は複雑な思いで見ていた。セックスの前にかなりの頻度でこの手順を踏むせいか、無骨な手にそれを外されると、先にあるものを想像させられて心が濡れる。

これでは、パブロフの犬のようだ。

そう思い、急に恥ずかしくなる。

「ほら」

ズボンと下着に手をかける斑目に協力し、坂下はそれを脱ぎ捨てた。シャツと靴下は身につけているというのに、下半身だけ剝き出しなのが羞恥を煽る。

「ぁ……っ」

診察ベッドに押し倒された弾みで、スリッパが脱げた。脚を広げ、首筋に斑目の唇を感じながら自分を差し出す。

無精髭が当たって少し痛いが、それはただの痛みではなかった。

男に抱かれる自分を思い知らされてしまう、痺れるようなスパイス。

自分は斑目に抱かれているのだと、強く思わされる。

「俺が、診察してやる。ほら、ちゃんとあそこを見せてみろ」

「んぁ、……ぁあ」

これのどこがケガ人だと思うほど、斑目の愛撫は巧みだった。使える左手だけで、坂下の奥から欲望を引きずり出してしまう。

そもそもリードしてくれと言ったのは斑目の方だというのに、立場はすっかり逆転している。

「ぁ……っく」

侵入してくる指に息を詰めるが、斑目は容赦しない。

「どうだ、晴紀」

「斑目、先生……っ、……ぁ、……ん、……っく」

「こんなに疼かせて……悪いところがいっぱいだ。ぶっといお注射が必要だな」

「……っ」

「注射は嫌いか？」

「……そんな……変な、言い方……しな……」

「気持ちいいお注射は、好きだろうが」

坂下は、口を噤《つぐ》んだ。

何がお注射だ。

ナースもののAVでもあるまいし、そんなこと言えるはずがないと反発を覚える。しかし同時に、芝居じみた言い方がますます坂下の興奮を大きくしたのも事実——。

いつもそうだ。その思惑にまんまと乗せられているのは悔しい気もするが、斑目にはこういった物言いが似合う。なんてことを言うんだと思いながらも、その魅力に理性を砕かれたことが、これまでにいったい何度あったことだろう。

白衣を羽織った斑目に奉仕した時から、すでに坂下の敗北は決まっていたようなものだ。医者の格好をした斑目の前に跪くことに、悦びを感じていたのだから……。

「どうした？」

「せ、……んせい」

「なぁ、『お注射して』って、言ってみてくれよ」

「……でも、……っ」

「な、頼むよ。『お注射して』だよ」

ほら、と促す斑目に坂下はコクリと唾を飲み込み、斑目の耳元に唇を寄せてそっとお願いしてみる。

「……して」

「何をだ？」

「……先生の……、注射、……して、ください」

これが、今坂下が口にできる精一杯の言葉だ。

言ってしまってからなんて恥ずかしい男だと思うが、さも満足そうに笑みを漏らす斑目を見ていると、こんなことくらいで斑目が喜ぶなら、少しくらい恥を晒してもいいような気がしてくる。

「お注射って、言えないか」

「……っ」

「けど、そっちの方が、そそったよ。もしかして、わざとか？」

「そんな……」

斑目の指が、甘い蜜を溢れさせている坂下の先端に触れた。

「……ぁ……っ」

「こんな淫乱な躰には、治療が必要だな」

あてがわれたかと思うと、なんの前触れもなく熱の塊を後ろにねじ込まれる。

「ぁ、あっ、……待……っ、——ぁああ……っ！」

貫かれた瞬間、坂下は悲鳴にも似た声をあげていた。

いきなりの挿入だったが、指でほぐされて十分に潤っていたそこは、斑目を根本まで深く咥え込んだ。いっぱいにされている感覚に涙が溢れ、それは目尻から頬を伝って落ちた。

一筋の涙は、何よりも坂下の気持ちを雄弁に語っていた。

躰が震え、身動きができない。

「ぁ、……ぁ……、……はぁ……っ、……ぁ……」

「痛かったか?」

乱暴とも言える繋がりだったが、自分を気遣う言葉に斑目なりの優しさを感じた。強引だが、決して独りよがりでも一方的でもない。

一緒に、快楽の在処《ありか》を探るような行為だ。

「あそこが飢えてるぞ」

「あ、……あぁ、……んぁ!」

「俺を喰い締めやがる」

揶揄され、ますます疼いた。

その通りだ。欲深い躰は、いったん斑目を求め始めると貪欲に欲しがり、抑えきれないほど高ぶってしまう。自分が獣だと思わされる瞬間だ。

斑目はケガ人だというのに、気遣ってやる余裕すらなく、ただもっと欲しいとねだってしまう。

「ぁ……、……ん、……っく、――はぁ……っ」

「じっくり犯してやる」

回すような腰の動きに、坂下は夢中になった。

ゆっくりとした動きがじれったさを呼び、欲しがる浅ましさを呼び起こしてしまう。巧みな駆け引きで相手を虜にする術を、斑目は持っているのだ。

今、それを痛感させられている。

「……ぁ、……はぁ……っ、……っく、……ん」

「もっと、欲しいか?」

「……ひ……っく、……ん、……斑目、……先生……」

脚を広げ、男を受け入れているのかと思うと、躰が疼いてどうしようもなかった。

「もっと深く欲しいか?」

「欲し……、……ぁあっ!」

シャツをたくし上げられて胸の突起を舌で弄ばれ、無意識のうちに逃げようとしていた。

このままでは、おかしくなってしまう。これ以上の快楽を得てしまえば、どうなるかわからない。

そんな思いから斑目の躰を押し返そうとするが、完全に組み敷かれた坂下にそんなことができるはずもなかった。容赦なく快楽を注がれ、さらに奥を突き上げられ、乱れる。

「や……っ」

次第にリズミカルに自分を揺さぶる斑目に夢中になった坂下は、自分を突き上げて狂わせる男の髪の毛をかき回し、もう片方の手で腰に手を回して指を喰い込ませた。

もっと、欲しい。もっと、深く欲しい。

「せ、先生……っ、……んぁ……、斑目、……先生……っ」

「……っ、……イき、そうか？」

「斑目先生……っ、……も……、……せんせ……っ」

せり上がってくる快楽。

斑目の動きがさらに激しくなったかと思うと、高みに連れ去られるように一気に上りつめる。

「晴紀……っ」

「──ぁぁあああ……っ！」

斑目が奥で爆《は》ぜたのが、ちゃんとわかった。ほとばしる熱を受け止めながら、坂下もまた下腹部を激しく震わせながら絶頂を迎える。

長い射精がようやく終わると、斑目は坂下に体重を軽く乗せたまま息を整えた。抱き締め返す背中の筋肉は逞しく、この男に抱かれたんだとぼんやりと思う。

「どうだ？　よかったか？」

「……っ、……、……は……はい」

「俺もだ。すごくコーフンしたぞ」

「……斑目、先生」

斑目の匂いを嗅ぎながら、激しく愛し合った行為の余韻を味わった。こうして斑目の匂いに包まれながら抱き締められていると、幸福感で満たされる。

汗ばんだ肌も微かに鼻を掠める体臭も男のそれだというのに、男である自分がそんなものに幸せを感じていいのかと思うが、もう後戻りはできない。

「先生に『先生』って呼ばれんのは、癖になるな」

斑目はすぐ近くから坂下の顔を覗き込み、まだ隆々としているものを坂下の中で動かしてみせた。

「……ぅ……っ、……ん」

「まだ、イケそうだな」

「ちょ……っ、あの……、……待……っ」

「待てねぇぞ」

「——はぁ……っ！」

軽く笑ってから再び腰を動かし始める斑目に抗議の意味で爪を立てるが、それすらもこの男には行為を盛り上げるものでしかないらしい。

「先生、待って……ください……、先生、——先生……っ」

自分の声がねだるように斑目の耳に響いているなんて、坂下にはわからない。そうしている間にも敏感になった躰は、注がれる甘い蜜を一滴残らず掬い取ろうと貪欲な一面を見せ始める。大人の躰は満足することを知らず、次を求めるのだ。

罪深い自分を呪《のろ》いながらも、さらに深みに足を囚われ、引きずり込まれる。

「……先生、……斑目、先生……」

「そう、それだ。もっと可愛がりたくなってくるよ」

再び濃い欲情の色を纏《まと》わせた斑目の声に理性を奪われ、坂下の声は荒い息遣いの中に消えた。


ようやく、診療所に日常が戻ってきた。

山浦はなんとか退院することができ、今はホームレスたちの自立支援センターに世話になっている。

これから解決しなければならない問題は多いが、体力が戻るのと同時に生きる気力はいくぶん回復しており、もう『死んでもいい』というようなことは口走らなくなった。

これだけでも大した進歩だと思いながら、坂下は仕事に追われる生活に戻っていた。

今日も診療所を訪れる患者で、待合室は賑わっている。

「先生、来てくれ！」

蹴り開けるような勢いでいきなりドアが開いたかと思うと、斑目が診察室に飛び込んできた。そして今度は、手首をむんずと摑まれて引きずっていかれる。

「なんじゃあ、斑目。今は俺の診察中じゃぞ！」

「水虫じゃすぐには死なねぇだろうが。ちょっと借りるぞ」

「なんですか？」

「いいから来い！」

すごい力で引っぱられ、坂下は斑目が向かう方に走った。斑目が足を止めたのは自立支援センターの近くで、双葉もいた。

センターの前には、一台の軽自動車が停《と》まっている。

「なんですか？」

「いいから、見てろ」

言う通り、黙って何かが起きるのを待っていると、中から昌一に連れられて山浦が出てきた。

「……山浦さん？」

昌一の手には小さなバッグが握られており、車のトランクを開けると乱暴に中に放り込む。

黙って見ていた山浦だが、それに気づいた昌一にぞんざいに背中を押された。

「ほら、さっさと乗れよ！　こっちは俺がするっつってんだろ」

通りを挟んでいたが、声ははっきりと聞こえてくる。

「昌一の野郎がな、山浦と一緒に暮らすんだとよ」

「え……」

驚いて、斑目の顔を見ると「ほら」と言われ、もう一度目をやる。すると、紙袋を持った見知らぬ女性がセンターから出てきて山浦に何か話しかけているのに気づいた。スタイルのいい、二十代の若い女性だ。服装は派手で、職員という感じがしない。

「あれは誰ですか?」

「ベティ・ブルーの朝美ちゃんだ」

「へぇ、あれが噂の……。……って、——ぇぇぇぇ……っ!?」

坂下は、目玉が飛び出るんじゃないかというくらい目を見開いた。それを見た双葉が、笑いながら説明してくれる。

「斑目さんねぇ、あれから山浦さんを元気づけようとベティ・ブルーの朝美ちゃんに会いに行ったんっすよ。そしたらね、すごい驚いて今どこでどうしてるんだって……」

「朝美ちゃん、山浦に惚れてたらしい。店辞めて、別の働き口を見つけて山浦と暮らすって言ってる。風俗の女は、尽くすタイプも多いからな」

「嘘……」

山浦には失礼だが、あんなに若くて綺麗な女性が、父親と同じ年代の男に惚れていたなんて、にわかに信じ難かった。しかも、山浦は決して男前というわけではない。

年上の男の包容力というのも、考え難いのだ。

どちらかというと、山浦はガキがそのまま大人になったような男だからだ。

「まぁ、人の好みは千差万別って言いますからね」

「そ、そうですね」

「ついでに言うとな、昌一の奴、朝美ちゃんに惚れたらしいんだ。山浦のことを知ってから、毎日のように支援センターに通うようになった朝美ちゃんと、バッチリ鉢合わせだ。人生、何が起こるかわかんねぇな」

嘘のような話に、坂下は啞然とするばかりだった。だが、目の前の光景は、それが事実だと物語っている。

「でもそれって……三角関係なんじゃないですか？」

「まぁ、固いこと言うなって」

「そうそう。大丈夫なんじゃないっすか？」

「そんな……」

二人は簡単に言うが、真面目な坂下はそれでいいのかと不安になる。女性目的で父親を引き取ったとしても、この先長く続くとは思えない。

「そう心配するなって。案外、あんたの声が昌一に届いたのかもしれないぞ」

「え?」

「昌一は、実の父親に臓器を売るよう言ったことを、反省してるんだよ。ああいう性格だから、素直に自分が悪かったたって言えないだけだ。長年恨み続けてきた相手と和解するにしても、やり方がわかんねーんだろうしな。だから、女を口実にしてるんじゃねぇか? 確かに、多少惚れてはいるみてぇだが」

「俺もそう思ってるんっすけどねー。だって、朝美ちゃんと鉢合わせしたってことは、山浦さんの様子を見に、自立支援センターに来たってことでしょ。やっぱ先生の気持ちが通じたんっすよ。それに、朝美ちゃんって子、しっかりしてるみたいっすよ。ほら」

見ると、朝美が昌一を叱っているところだった。山浦をぞんざいに扱うなと言っているようである。歳は昌一とそう変わらないようだが、その姿はまるで母親のようだ。

それを見て、なんとなくあの三人は上手く行くような気がした。風俗なんて仕事に就いていた彼女は、苦労もたくさんしてきただろう。

パッと見は仲睦《なかむつ》まじい家族と行かなくても、上手く二人の潤滑油になってくれるような気がする。

「よかったっすね、先生」

「はい」

安心し、笑顔で山浦たちを見ていると、山浦が坂下たちに気づいた。

お元気で。

坂下が手を軽く挙げると、山浦はニーッ、と口を横に広げて笑い、少し黄ばんだ歯を見せながらVサインをした。

名も無き日々

「よう、双葉《ふたば》じゃねぇか」

突然声をかけられた双葉は、聞き覚えのある声に足を止めた。振り返ると、男が立っている。会うのは数年ぶりになるが、記憶を辿《たど》らずとも、すぐに男の名前が浮かんでくる。

「お～、林《はやし》さんじゃん」

歳《とし》は四十半ば。

日焼けした顔とヤニで染まった黄色い歯、そして禿《は》げ上がった頭。工事現場などによくいそうな男だ。黙っていれば怖い印象を与えるが、意外に優しいところがある。双葉が住む街に来る人間としてはめずらしく世話好きで、喧嘩《けんか》をしている男どもの仲裁に入ることもよくあった。

「何やってんだ、おめー」

「まだ日雇いやってるよ。林さんは？」

「俺は住み込みで料理人やってんだ。仕事先でな、昔の知り合い見つけてそのままトントン拍子に話が進んでよ。小さな店だが、結構繁盛してんだ」

「へぇ、料理なんて作れたの？」

「おう。もともと和食の料理人だったからな」

「え、マジ？　知らなかった」

林は双葉が今いる街に流れ着いた頃にはすでにいたが、一年くらいしてから突然姿を消した。流れ者の多い街だが、なんの前触れもなくふらりと出ていく者も多い。この男も、予告もなしに出ていった一人だ。

林が料理人だったとは、初耳である。

「なぁ、これから飲みに行かねぇか。いつも他人に喰《く》わせるばっかでよ。旨《うま》いもん喰いてぇと思ってたところなんだ」

「いいよ。俺もまだ飯喰ってないし」

「じゃあ、知り合いの店に行くか。安くて旨い小料理屋があるんだ」

「うん。店は林さんに任せるよ」

「こっからすぐだ。あそこの筑前煮《ちくぜんに》は絶品だぞ〜」

話が決まると、二人はすぐさま目的の店へと歩き出した。筑前煮と聞いて、腹の虫が空腹を訴える。

店は、歩いて五分のところにあった。

女将《おかみ》が一人で切り盛りしているこぢんまりとした店で、雰囲気がいい。

二人は狭い座敷に上がり、焼酎《しょうちゅう》と料理を注文する。林が絶賛している筑前煮と魚の煮つけ、出汁《だし》巻き卵に冷奴《ひややつこ》。大好物の焼き茄子《なす》も忘れない。

生ビールで乾杯をして、喉《のど》を潤す。

「みんな元気か～？　斑目《まだらめ》はまだいるのか？」

「うん、いるよ」

「変わったことは？」

「あるよー。一年ちょっと前からさ、診療所ができたんだ」

「へぇ」

「坂下《さかした》先生っていう先生がいるんだけど、特診で診察してくれるんだよ。これがいい先生でさー。林さんがいたら、きっと診療所に入り浸ってるよ」

料理が出てくると、双葉はさっそく箸《はし》をつけた。

林の言う通り、筑前煮は絶妙な味つけで、いかにもお袋の味だ。魚の煮つけは少し濃い味だが、それだけに酒が進む。また、大根おろしと一緒に食べる出汁巻き卵は、双葉の舌を唸《うな》らせた。すぐに二皿目を頼む。

「そんなにいい医者がいるなんてな」

「もうね、あれは仏様かお釈迦様だね。自分のことなんか二の次で、街のみんなのために働いてるんだ」

双葉はついつい自慢げに話をしていた。そんな歳でもないというのに、まるで息子《むすこ》が立派になって帰ってきたと、自慢しながら酒を飲む父親のようだ。

「楽しそうだな」

「え……？」

「お前があの街に流れ着いてすぐの時とは、随分と違う顔してるぞ」

懐かしさに浸る林の目に、双葉もしみじみと昔を思い出す。あまり思い出さないようにしているが、街に流れ着いた時は、確かに今とは随分違っていた。

「うん。今、すごくイイよ。あの街を離れようとか思わねーもん」

「……そうか」

「充実してるっつーか、毎日楽しい」

「よかったなー、双葉。じゃあ、お祝いに乾杯するか」

「何を祝うんだよ」

「なんでもいいんだよ。幸せなのはいいことだ。な、女将！」

カウンターの中で他《ほか》の客の相手をしている女将に今の話が聞こえているはずはないが、女将は林の言葉に笑顔とお辞儀で応《こた》えた。それでいいらしく、林は「がははは……」と大きな口を開けて笑った。懐かしい笑い声に、双葉もつられて笑う。

昔馴《な》染《じ》みと小さな小料理屋の片隅で酒を飲みながら過ごす時間は、こうしてゆっくりと過ぎていった。

思い出話に花を咲かせながら旨い飯を腹一杯食べた双葉は、家路につこうといい気分のまま駅の方へ向かっていた。家路といっても、仮の住処《すみか》ではあるが……。

借りている宿がある街まで、ここから一時間ほどはかかる。

喉が渇き、自動販売機で水を買っていると、黒光りする車がすぐ近くを通った。なんとはなしに目をやると、それは双葉がいるところから五メートルも離れていない場所で停《と》まり、助手席から男が出てきて後ろのドアを開ける。

ヤクザだ。

仰々しく頭を下げて車から降りてくる男を迎える舎弟たちの態度から、大物だということはわかる。すぐにその場を立ち去ろうとした双葉だったが、スーツを着た長身の男の姿に目が止まった。雰囲気のある男で、惹《ひ》きつけられてしまう。

それは単に外見がいいという単純なものではない。漂う危険な香りに、本能が呼応しているような感じだ。

関《かか》わるなと訴える理性と、抗《あらが》えずに関わりたがる本能の鬩《せめ》ぎ合いと言ってもいい。

男の方も自分に注がれる視線の存在に気づいたようで、ビルの中へ踏み出した足を止めて双葉に向き直った。

「お前は……」

どうやら、双葉のことは覚えているらしい。

斑目克幸《かつゆき》――双葉の親友とも言える伝説の医者で、今は日雇いをやっている斑目幸司《こうじ》の弟だ。

双葉が愛してやまない労働者街の小さな診療所にいる向こう気の強い真面目《まじめ》な医者を、自分のものにしようとしたことのある厄介な相手でもあった。斑目曰《いわ》く、欲しいと思ったものは、どんな手を使っても手に入れる。

確かに、言葉の端々に窺《うかが》える傲慢《ごうまん》さから、克幸が手段を選ばない男だというのは想像できる。

「ど～も～」

双葉は、知り合いに会ったかのような気軽さで挨拶《あいさつ》をした。舎弟たちが、不躾《ぶしつけ》な男に対する不満を露《あら》わにしている。本来なら、そう気軽に声をかけられる相手ではないのだろう。

しかし克幸がどの程度の大物かなんて、双葉には関係ない。

「幸司《こうじ》と一緒にいた奴だな。名前は……」

「双葉洋一《よういち》」

「……ああ、そんな名前だったな」

克幸がタバコを咥《くわ》えると、すぐさま側《そば》にいた男がライターの火を差し出す。

双葉はそれを無感動な目で見ていた。

他人に火をつけてもらおうが自分でつけようか、タバコの味は変わらない。なんのためにヤクザになり、舎弟を従えて歩くのか――。

自由というごちそうを満喫している双葉にとって、それは一生わからないことなのかもしれない。

「こんなところで何してる？」

「う～ん、ちょっと野暮用。ていうか、その帰り」

「一緒に飲むか？　奢《おご》ってやるぞ」

「もしかして俺を使って先生の情報でも仕入れるつもり？」

「まぁ、そんなところだ。幸司はまだ生きてるんだろう？」

どうしようか迷ったが、断るほどの理由はなく、何より興味を抑えきれなかった。

克幸に対する興味ではない。克幸が何を企《たくら》んでいるかにだ。もし、この男の言葉が本当なら、いずれまた坂下を連れていくために街に姿を現すだろう。

それなら、多少の情報収集はしておいた方がいい。

「来たいならついてこい。この店はいい酒を出すぞ」

自分から誘っておいて、この言い草。

さすが斑目の弟だと思いながら、克幸の後についていく。

店は、いかにも金のかかりそうなバーだった。ステージの隅にあるグランドピアノの前に座って躰《からだ》をスウィングさせながら鍵盤《けんばん》を叩《たた》いているのは、頭に白いものが交じり始めている黒人のピアニストだ。持って生まれたリズム感。

踊るような指先が奏でるジャズは、普段音楽を聴かない人間にとっても心地好《ここちよ》かった。

カウンターの中に立っている若いバーテンも、いい雰囲気を漂わせている。

こういう店に来るのは、何年ぶりだろう。

「好きなものを頼んでいいぞ」

克幸がカウンター席に座ると、双葉も隣に腰を下ろした。温かいお絞りを手渡され、指先まできれいに拭《ふ》きながらメニューを覗《のぞ》き込む。

「そうだな。じゃあ、ブッカーズ」

普段は安酒ばかり飲んでいる双葉にとって、それは高級品だった。まだ十分な若さと体力のある双葉はオイシイ仕事にありつくことも多く、酒に金をかけようと思えばできないこともないが、あの街にいると安酒の方が楽しく飲める。

自由という最高の相棒がいるのだ。多くは望まない。

「ねぇ、なんでそんなにしつこく先生を狙《ねら》うんだよ？」

双葉はタバコに火をつけた。

紫煙はピアノの音色に誘われて広がり、この店に溶け込むように消えた。双葉の目にはそれが計算された演出に映り、普段と変わらないことをしているというのに、なぜこうも馴染んでしまうのかと不思議だった。

まるでセッションをしているかのようだ。

「あんな逸材はそういないからな。どうしても欲しい」

「無駄だよ。斑目さんが簡単に渡すわけないでしょ。それに、街の連中だって先生をあんたに渡さないと思うよー」

そう言ったところで、注文の品が出てくる。

グラスに手を伸ばして口に含むと、独特のいい香りが広がった。胃を焼く炎の酒は、すでに一杯やってきた双葉を心地好く酔わせる。アルコールにではなく、味に酔いしれるほどのものを口にしたのはどれくらいぶりだろう。

一緒に飲んでいる男が克幸でなければ、もっとよかったのかもしれない。

「大事なものがある人間の攻め方は知っている。護りたいものがあるなんて生温《なまぬる》いことを言ってる連中は、扱いやすいんだよ。弱いんだ」

「護りたいもんがあるから、強くなれるんじゃゃないの?」

「それはきれい事だ」

確かに、克幸の言うことも一理ある。

護りたいものがあるからこそ、窮地に立たされるケースはよくある。北原《きたはら》が斑目を連れていこうと街にやってきた時が、まさにそうだった。斑目は坂下の診療所を護ろうとするあまり、強く出られなかったのだから……。

しかし、それでも最終的にはあの男を追い返すことができた。

最後には、護りたいという気持ちがものを言う。そう信じたい。

「お代わり」

克幸がまだ半分だというのに、双葉のグラスはもう空だった。ペースが速いとわかっているが、なぜか自分でコントロールできない。

緊張しているのか……、と自問し、克幸に対する警戒心で逆毛が立つような思いでここに座っていることを自覚する。

克幸は、自分が大事にしている日常を壊す恐れのある男だ。あの街に坂下がいないなんて、もう考えられない。それは双葉だけに限ったことではなく、斑目を始めとする街の連中もそうだろう。

それは単に、坂下が金のない連中を特診で診《み》てくれる医者だからというわけではない。その人間がいることに意味があり、存在自体が重要なのである。

坂下は、必要不可欠な人間だ。

「どっちの言い分が正しいか、そのうちわかるんじゃねーの？」

「お前、面白いな」

克幸は、さも楽しそうに笑った。坂下を手に入れた時のことでも、想像しているのだろうか。心が読めない男に、どう会話を進めていいのかわからない。

「しかし、北原には散々かき回されたようだな」

双葉は、黙って克幸を凝視した。

口許《くちもと》に笑みを浮かべながらグラスを傾ける克幸は、いかにも策士といった顔をしている。何か企んでいる者の顔だ。切り出し方にも、したたかさを感じた。相手の動揺を誘い、自分のペースを作るのだ。

「もしかしてあの龍《りゅう》って奴は、あんたの知り合いか？　斑目さんの居場所を教えたのって……」

「さぁてねぇ」

克幸は、意味深に笑った。

こういうところは、斑目とよく似ていると思う。本人に言うと嫌な顔をされそうだが、やはり兄弟だ。

つまり、それだけ厄介な相手ということでもある。

この男はそう遠くない将来、再び坂下を奪いに来る。

それは確信だった。

前回は、限られた設備と人手で坂下の祖母の手術を成功させることを引き下がる条件とされ、斑目はそれに成功した。しかし、今度はどうなるかわからない。

「先生を手に入れようとしても、無理だ」

「どうしてそう思う」

「あんたは、一生斑目さんに敵《かな》わないからだよ」

また、克幸が笑った。

この男が一番気にしていそうなことを口にしたつもりだったが、まったく効いていない。それどころか、双葉がわざと克幸を怒らせようとしているのを見抜いている。

子供の戯《ざ》れ言《ごと》を一蹴《いっしゅう》するような態度に、自分が甘かったことを悟った。

克幸は、格が違う。

「そういえばお前、マグロ漁船に乗ってたんだって？」

「そうだよ」

「だからか……。肚が据わっているのは」

「別に据わってなんかない。普通だよ」

「どうした？　顔つきが変わったぞ」

「あ、そ」

日頃からマグロ漁船に乗っていた過去を隠したことはなかったが、あの頃のことをただの懐かしい思い出として語れるかというと、また違う。いろんなことがありすぎて、消したい過去として胸に抱えているのか、それともただ過ぎた日々として冷静に見られるようになったのか、自分でもよくわからないのだ。

漁船に乗るまでの過程や、乗ってからのことは坂下にすら話していない。

「どの船だ？　運んでたのはマグロだけか？　どうして乗った？　何から逃げた？」

畳みかけるような質問に、双葉はお手上げだった。負けを認めざるを得ない。

この男が何か企んでいるなら探ってやろうと思ってついてきたが、克幸は自分程度の男にボロを出すようなタマではない。

双葉は、思い出したくもない自分の過去に思いを巡らせていた。

借金から逃れるために乗った。

返す金を稼ぐためではない。ほとぼりが冷めるまで、逃げ続けるためだ。医者の誤診が原因で母親を早くに亡くした双葉は、長いこと父親と二人暮らしだった。

あの頃の自分は、随分と荒《すさ》んでいたなと思う。今は忘れていることの方が多いが、殺したいほど父親を憎いと思ったこともある。

坂下が悲しみそうだから口にしなかったが、山浦《やまうら》に対する昌一《しょういち》の気持ちも理解できた。結果的にいい方へ向かったが、そうならなくても仕方がないと思っただろう。

海の上で過ごした数年の間に、双葉はいろんなことを学んだ。

隔離された場所に閉じ込められた時に出てくる人間の本性。醜さを見ることもあれば、人間がそう悪いものではないと感じることもあった。

また、生きるための知恵も学んだ。

あの四年の間に生きる術《すべ》を身につけたと言っても過言ではないが、正直なところ、また乗れと言われたら全力で逃げるだろう。

双葉が乗った船は、壮絶すぎた。

「どうした?」

「どうもしない」

昔のことを思い出していた双葉は、手がじっとりと汗ばんでいることに気づかされる。

「物思いに耽《ふけ》るなよ」

「耽ってなんかねーよ。でも、なんであんたがそこまで知ってんだ?」

「俺はなんでも知ってるぞ。お前が自分の親父《おやじ》を殺したいほど憎んでることとかな」

双葉は唇を歪《ゆが》めて笑った。

本当に嫌な男だ。

「俺は欲しいと思ったもんは、何がなんでも自分のものにする主義だと言ったろう?」

「へぇ、それにしては、悠長にやってんのな。龍って人も、結局諦めて帰ったし」

「幸司の手が使えると知ったら、また戻ってくるかもしれないぞ」

「そんなことまで知ってんだ。言う気かよ?」

「それもいいが、それじゃあ面白くない」

克幸は空になったグラスをバーテンに差し出した。同じのを……、と目で合図すると、若い男はすぐに作り始める。

いいバーテンなのだろう。言葉にせずとも、客の要望をちゃんとわかっている。いや、もしかしたら今の視線は、克幸との間にある何か特別な関係によるものなのか。

下司《げす》な勘ぐりだなと思った双葉だが、その心を読んだかのような言葉を聞かされる。

「どうだ？　俺に寝返らないか？　お前のこともたっぷり可愛《かわい》がってやるぞ」

「はっ、可愛がるって……先生だけじゃ足りねーのかよ」

「一人に絞ることはない。イイと思った相手とは愉《たの》しくやる方が、人生を謳歌《おうか》できるってもんだ。な、湯月《ゆづき》」

バーテンは無表情を崩さなかったが、克幸の言葉を否定する素振りも見せなかった。

間違いない。男は克幸とベッドをともにする仲だ。

「イイ思いをさせてやろう。なんなら、お前の代わりに、お前の親父を殺してやってもいい。ただ殺すのが嫌なら、死んだ方がマシだと思うような目に遭わせてやるぞ」

数年前の自分には、魅力的な言葉に聞こえただろうと双葉は思った。どこかで生きている父親を殺してくれるなら、克幸のようなヤクザに手を貸したに違いない。

だけど今は違う。

大事なものを見つけ、大事にしたい人や毎日がある。

父親のことなんか、もう忘れた。

そう思えることにホッとするが、まだどこかで父親の影に怯《おび》えている自分がいることに気づき、なんとも言えない気分になる。

「あんたと寝るなんて、死んでもやだね」

双葉は、半分ほど飲んだ二杯目のブッカーズを全部飲み干し、グラスをコースターに置いた。


無駄な時間を過ごした。

あれからすぐに店を出た双葉は、自分の街へと帰ってきた。

結局わかったのは、克幸が自分のような青二才の歯が立つ相手ではないということだけだ。

一緒に飲んだくらいで、あの男の企みを探ろうなんて思ったのが間違いだった。これまでいろんな経験を積んできたおかげで、その辺の若い男より世間を知り、したたかになっているつもりだったが、相手は克幸だ。

自惚《うぬぼ》れていたなと、反省する。

しばらく歩くと、公園の中に白衣を着た男の姿を見つけた。寝癖のついた髪の毛と、色気のないメガネ。白衣のポケットに手を突っ込んだ姿は、診療所でもよく見る。

他人のためにいつも奔走している、お人好《ひとよ》しの医者だ。

なぜか声がかけられなくてじっと見ていたが、双葉の視線に気づいたのか、坂下が振り返る。

「あれー、双葉さん」

「……先生」

双葉は、坂下の方へと歩いていった。

坂下がこの辺りのホームレスたちの健康を気遣って、時折見回りをしているのは知っている。楽な人生を選ぼうと思えばいくらでも選択肢はあるというのに、それでも自ら貧乏な生活に飛び込んで苦労しているのだ。

双葉は、無意識のうちに自分が満面に笑みを浮かべていることに気づいた。

今までの気分が、嘘《うそ》のようだ。

「何してるんっすか？」

「見回りです。このところいろいろあって来られなかったから」

「ああ、龍って人が来てから、大変でしたもんね」

「ええ」

坂下はそう言うと、膝《ひざ》をついて段ボールの家の中を覗いた。

「じゃあ、咳《せき》が酷《ひど》い時は、必ず診療所に来てくださいね。お酒も控えて、なるべく温かくしてください」

坂下がそう言うと、中から「は〜い」と酒焼けした声で返事が返ってくる。声の調子からすると、かなり高齢の男だ。

ここのホームレスたちは、坂下の言うことにきちんと耳を傾ける。もちろん、酒の誘惑に負けて結局約束を破ることも少なくないが、それでも返事だけはいい。

他人を信用しない人間も多いというのに、坂下はたったの半年足らずでこの街の男どもの心を摑《つか》み、今ではいなくてはならない存在になっている。

「さて、今日はこれで帰ろうかな」

「先生も大変っすね」

「まぁ、趣味みたいなものですから」

坂下と夜道を歩くのは、心地好かった。風が頰《ほお》を撫《な》で、木々を揺らす。

このお人好しの医者には、他人の心を穏やかにする力がある。嫌なことなど忘れて、のんびりとした気分になれるのだ。白衣に染みついた取れないシミも、見ている者の心を和ませる。そこに、坂下の奮闘が見て取れるからだ。

世の中も捨てたものじゃないと思えるのは、坂下のような男を見た時だ。

「ねー、先生」

「なんです?」

「最近調子どうっすか?」

「どうって……いいですよ」

双葉が普段と少し違うことに気づいたのか、坂下は一瞬返事に迷ったようだったが、いつもの態度を崩さなかった。

それが双葉にはありがたい。

「ねぇ、先生。ずっとこの街にいてくださいね」

「え?」

「だから、ずっとこの街にいてください」

突然こんなことを言い出すと、さらに変だと思われるのはわかっていたが、言わずにはいられなかった。約束をしたからといって、それが果たされるほど世の中が甘くないことも承知している。

特に、ギリギリの経営状態が続く診療所を存続させるのは、簡単なことではない。

そう考えると、こんなことを言わせることが坂下にとって重荷になるのではないかと思ったが、それでも言葉が欲しい。

「いきなりどうしたんです？　いるに決まってるじゃないですか」

双葉は硬かった表情を一気に崩した。

いるに決まっている——その言葉が、嬉《うれ》しくてならない。

坂下がこの街を愛しているのはよくわかっているが、やはり言葉にされると違う。嬉しさのあまり、「えへへへ……」と声に出して笑い、女に告白でもされたような、だらしない笑顔を坂下に向けた。

何か特別な日でなくとも、こんなにいとおしく思える日常がある。

名も無き日々をどれだけ愛せるかが、今の双葉にとって幸せのバロメーターのようなものだ。

「何やってんだ〜、双葉」

「——うわ！　斑目さん」

いきなり現れた無精髭《ぶしょうひげ》に、双葉は大袈裟《おおげさ》に驚いてみせた。

「俺に断りもなく、先生を口説《くど》いてねーだろうなぁ」

斑目が加わると、克幸のところから持ち帰ってきた空気は完全に一掃される。いつもの自由気ままな日常に包まれ、能天気な自分に戻ることができた。

「よー先生。俺の目ぇ盗んで双葉とデートか？」

「何言ってるんですか」

「今日はホームレスたちの見回りがあるって言ってたじゃねぇか」

「その帰りですよ。それに、何がデートですか。馬鹿馬鹿しい」

「そうやって誤魔化《ごまか》す気なら、いやらしい尋問をして吐かせてやるぞ」

「いやらしい尋問ってなんですか。いやらしい尋問って」

相変わらずくだらないことを言う斑目に、坂下も呆《あき》れ顔だ。そんな二人が面白くて、笑顔が止まらない。

「お。どんなことをされるか教えて欲しいか?」

「誰《だれ》もそんなことは言ってません」

「まずお道具の準備だな。診察室にはいっぱいあるからなぁ、探すのも愉しいぞ〜」

「そんなことに医療器具は使わせませんよ」

「医療器具! 先生の口からそんないかがわしい台詞《せりふ》が聞けるなんてなぁ」

「なんでそうなるんですか!」

「普段使ってるもんってのは、またひと味違うぞ。仕事中に思い出して、躰が疼《うず》き出したりしてなぁ。そういう時のセックスは、燃えるんだよ〜」

「よくそんな下品な発想ができますね」

「想像したら、俺の愚息が元気になってきやがった。見るか?」

「最低! もうほんっとに最低!」

坂下は言葉を嚙《か》み締めるように言うと、歩調を早めた。怒りのあまり、耳まで真っ赤にしている。そんなに本気に取らずともいいじゃないかと思うが、坂下はいつもこんなだ。

「そう怒るなって。せんせ～。冗談だろうが」

「冗談でもやめてくださいよ！」

「もしかして、冗談だった方がいけなかったか？」

「誰もそんなこと言ってないでしょう！」

さらに歩調を早める坂下に、斑目がケラケラと笑ってみせる。

坂下との距離が五メートルほどになると、斑目は坂下の背中を見たまま、双葉にだけに聞こえるように言った。

「どうした、双葉」

「——え？」

口許は笑っているが、目に真剣さがある。坂下に気づかれないように言ったのも、双葉がこの空気を壊したくないことに気づいているからだろう。

参ったな……、と、思わず耳の後ろを掻《か》いた。

やはり、隠しておけないのだと思い、あっさり白状する。

「斑目さんの弟に会いましたよ。実は一緒に飲んできました。まだ先生のこと、狙ってるみたいっすね」

「そうか」

斑目は少しも驚いた様子を見せなかった。

あの男がまだ坂下を諦めていないのは、予想の範疇《はんちゅう》ということだろうか。

二人は兄弟だ。その性格を熟知しているだろう。よくよく考えると、自分なんかよりも克幸の動向を見抜いていて当然だ。

「龍って人がここに来たのにも、一枚嚙んでたみたいっす」

「なるほどね」

あの克幸らしい、という言葉が聞こえてきそうな表情だった。

やはり、自分なんかよりよくわかっている。

「心配すんなって」

ポン、と頭を軽く叩かれ、双葉はその言葉を嚙み締めてから、じんわりと笑顔を漏らす。

そうだ。心配なんかいらない。斑目も坂下も、あんな男に負けるはずがないのだ。

「なぁ、先生。これから飲みに行かねぇか」

「そんな時間ないです」

「襲わねぇから」

斑目は坂下に追いつくと、白衣の上から尻《しり》を摑んで揉《も》み始める。

「ちょっと、言ってる側からそれですか!」

目の前でじゃれ合う二人を見て、また笑った。

きっと大丈夫だ。

双葉はそう確信した。

きっと、大丈夫。

もう一度自分に言い聞かせると、双葉は先を行く二人のところまで行き、一緒に並んで歩いた。

あとがき

こんにちは。もしくははじめまして。中原一也です。

労働者街ＢＬはいかがでしたでしょうか？　パート１からかなり時間が経ってしまいましたが、こうしてまた坂下先生や斑目たちを書かせていただき嬉しいです。この本だけでもお読みいただけると思いますが、前作の「愛してないと云ってくれ」がまだという方は、ぜひ手に取ってくださいませ。

前回のあとがきにも書いた気がするんですが、労働者街という言葉自体に萌えを感じます。屈強な男たちのいる汗臭い場所っていうのは、私が萌えを感じるものの一つです。オヤジの巣窟。いいですね！

二見さんでは、結構こういうのばっかり書いてきた気がします。不精ひげ率も高いかも……（こんなんばっかですみません）。

と言いながら、次はマグロ漁船でございます。ハハハハ……。

今年に入って漁師モノ、日雇労働者モノを出していただき、今度は遠洋漁業の漁師……。どうしてこう汗臭いオヤジのネタが多いんでしょう。担当さんは止める気も起きないようでございます。もうこれは営業さんから「売りにくいからやめてくれ」と泣きが入るまで続けるしか……。

いっそそう言われるまで突きつめてやろうなんて（いやいや、嘘です）。

それでは最後になりますが、挿絵を描いてくださった奈良千春先生。素敵なイラストをありがとうございました。前回にも増して色っぽい坂下先生やワイルドな斑目にうっとりしました。

そして担当様。いつもこんな話ばっかり書いてすみません。でもすごく仕事が楽しいです。また汗臭いネタを持っていくと思いますが、これからもよろしくお願いします。

最後に読者様。この本を手に取っていただき本当にありがとうございます。前回から何度も続編をというお声をいただいておりまして、本当に励みになりました。応援してくれる皆さんのおかげで、こうして本を出すことができているんだなと思います。

気に入っていただけたら、またぜひ私の本を読んでくださいませ。

中原　一也

本作品は書き下ろしです

中原一也先生、奈良千春先生へのお便り、
本作品に関するご意見、ご感想などは
〒101-8405
東京都千代田区三崎町2・18・11
二見書房　シャレード文庫
「愛しているにもほどがある」係まで。

CHARADE BUNKO

愛《あい》しているにもほどがある

【著者】中原一也《なかはらかずや》

【発行所】株式会社二見書房
東京都千代田区三崎町2-18-11
電話　03(3515)2311[営業]
　　　03(3515)2314[編集]
振替　00170-4-2639
【印刷】株式会社堀内印刷所
【製本】ナショナル製本協同組合

落丁・乱丁本はお取り替えいたします。
定価は、カバーに表示してあります。

ISBN978-4-576-09057-3

http://charade.futami.co.jp/